あきらめるって素晴らしい

石川孝一
ISHIKAWA KOUICHI

JN015223

幻冬舎 MC

あきらめるって素晴らしい

はじめに

２０１９年12月１日は、新型コロナ感染症の最初の患者が中国の武漢で原因不明の肺炎を発症した日とされています。その後、武漢では同感染症の患者が増え続け、その年の大晦日には世界保健機関（ＷＨＯ）に正式に報告されましたが、日本では翌年１月24日から始まる中国の春節の大型連休を利用して訪日する観光客を当てにして、何の手当てもせずに中国からの渡航者を受け入れてしまったのです。

さらに、２０２１年は東京オリンピックがありました。政府はインバウンドの目標を４０００万人と掲げていました。それが、あっという間にイギリスやアメリカのニューヨークで医療崩壊が始まり、日本ではとても真似できないロックダウンを強行してまで、何とかパンデミックを押さえ込もうとしました。２０２２年11月26日の時点で、ＷＨＯに報告されている全世界の累積感染者数は６億４３８８万３６２１人、累積死亡者数は６６３万６９５４人となっています。

２０２２年12月になっても、私たちはマスクを外せていません。新型コロナウイルスがさらなる変異株を生じさせ、さらに蔓延しないかと気になり、すぐには以前の生活には戻れそうもありません。

私たちの日常に忍び寄る脅威は、それだけではありません。

２０２２年2月24日、選挙で民主的に選ばれたはずのロシアのプーチン大統領が、隣国ウクライナの市街地を無差別に破壊し、一方的にウクライナ国民を殺害しているという報道に触れました。これが21世紀に起きていることなのかと、ただただ呆れ、同じ人間として恥ずかしくなるような愚行ではありませんか。

科学技術は進歩しても、人間の本質は変わっていないのだと思わざるをえません。

私は、戦禍は去ったものの、まだ世の中が混乱している戦後の時代に、商家の長男として生まれました。

物のない時代も経験しました。日本中がそうだったのです。

誕生日のご馳走はカレーライスだったことをよく覚えています。

年を経て、青年期まで不自由のない生活を送ることができました。学校の成績は真ん中ぐらい、運動神経はどちらかというと鈍い方で、これといった長所も特徴もない、目立たない子どもだったのではないかと思います。

ところが、20代で網膜色素変性症という現代の医学では治療法のない、遺伝性の眼病に冒されているのがわかったことで、私の人生は一変しました。これ以降、その事実を受け入れて人生を送るしかなくなってしまったのです。徐々に進行する症状は、私から視力を奪っていきます。医師からは、最後には失明してしまうことを告げられました。

車の運転もできず、自転車も乗れなくなります。鏡の前に立っても、自分の姿を見ることもできないのです。ついに何も見えなくなってしまい、60歳で、完全に失明しました。これで、目の前の明暗もわからなくなってしまいました。

でも幸いなことに、私は自分の人生を悲観したり絶望したりしたことはありません。そのような状態になっても、自分の心の中に浮かんだある目標を見出すと、その実現のために、知識を蓄え、周囲の人を巻き込んで、淡々と突き進みます。そうすると、いつしかものごとというものは成し遂げられています。達成すれば、もちろん達成感を感じ喜びに酔いしれるというわけです。

私の場合は自分の障がいを、目の不自由さをバネにして、何かを乗り越えようと努力したことはありません。頑張って逆境を克服し、打ち勝ってきたということもありません。持ち前の感受性で突き進んできただけのことなのです。

ものごとを達成する秘訣に特別なものはありません。みなさんのお住まいの地域にも、大多数が困りごとを持っている地域の課題があると思います。「何とかしたい」と思っても、市長さんや議員さんがいずれ何とかしてくれるかもしれない、何も自分から進んで難問に取り組むことはないと思う人が大半でしょう。

私は、目が見えないおかげで、人の顔色をうかがうことができません。「あのバカ、今度は何を言いだしたんだ？」と腹の中では呆れたり笑われたりしているかもしれません。

人は、他人と比較して、自分より優秀な人には劣等感を抱き、自分より劣ると思うと優越感にひたるものです。世間を気にして、周りの顔色をうかがって、絶えず自己承認にひたっていたいのが人間なのではないでしょうか。他人と比較することでしか自分と向き合えない、中身が空っぽの人の何と多いことでしょう。

私がものごとと向き合う上で指針のように思っている、金子みすゞ（1903年〜1930年）の詩を以下に引用します。

大漁　　　　金子みすゞ

朝焼け小焼だ、大漁だ
大羽鰮《おおばいわし》の 大漁だ。
浜は祭りの ようだけど
海のなかでは 何万の
鰮《いわし》のとむらい するだろう。

かつて、作家の澤地久枝さんが、ラジオの人生相談でおっしゃっていたことがあります。目が見えなくなっても、耳で聞くことができるでしょう。失われた感覚に落胆するのではなく、まだ残っている感覚を大切に考えれば、悩みは少しは安らぎます。そう答えておられました。

そうだ、私には、まだまだ生きていく上で、たくさんのよい身体と感覚を持っている。その澤地久枝さんの言葉を聞いて、いくら思い悩んでも何の解決にもならない。あきらめることで、苦しみや悩みから解放され、現実の自分を認めた生き方ができる。その方がよほど楽しく、安心した生き方であることに気付きました。

あきらめるとは、本来はネガティブなことではありません。

東京・江戸川にある元結不動密蔵院の住職・名取芳彦和尚は、写経・読経の会や、聲明ライブ、講演など精力的にこなす地域に密着して活動する和尚さんとして知られており、『和尚さんの一分で心を整えることば』（永岡書店）ほか、数多くのベストセラーも世に出しています。

そのうちの一冊である『あきらめる練習』（SB新書）において、芳彦和尚は積極的に「あきらめる」ことの意義を語ってくださっています。

現代の日本語で「あきらめる」は「望んでいたこと、やらなければならないことを途中で放棄する、やめる」というようなマイナスのイメージで使われることが多いですが、本来の意味はそうでもないようです。

漢和辞典で「諦」という文字を調べると、

【諦＝つまびらかにする。いろいろ観察をまとめて、真相をはっきりさせる。まこと】

とあり、悪い意味は一つも出てきません。むしろ、「諦」の意味は、「明らか」「明らかにする」に近いものなのです。

仏教における「諦」は、サンスクリット語のsatya（サティア）の訳語で、「真理・道理」

という意味なのだそうです。これは、ものごとの真理や道理を明らかにすることで、自分の願望が達成できそうにない理由に納得することができ、それへの思いを断ち切ることができるということを表しています。どんなことが起こっても、心が苦しまず、穏やかでいられる境地（悟り）に至るために、大切なことだとされているのです。

それが、いつの間にかこうした要素が抜け落ちてしまい、「放棄」「断念」「ギブアップ」といったネガティブな意味で使われるようになってしまったようです。これはとてももったいないことだと思います。

あきらめるということは現実を受け入れることからはじまり、自分は何のために生きていくのかを明らかにしていくということで、本来はポジティブなものなのです。

私たちはともすれば「苦しい」「辛い」「嫌だ」「つまらない」と、マイナスの感情を抱きます。クヨクヨするのが人間であるともいえます。

ところが人間は、もともと自分の意思を持って、両親を選んで生まれてきたわけではありません。たとえ、頭脳明晰で名門大学を出て、一流会社に就職して、誰もがうらやむ生活を送っていたとしても、あるいは一方で、今どきこんな貧困家庭があるのかと思うような家に生まれたとしても、最後は等しく死んで骨になってしまえば、みな同じなのです。

だから、世間を気にして他人と比較しても、最後はみな同じ。

誰にでも死は平等に訪れます。たとえ大統領でも総理大臣でも大金持ちであろうと、そこからは逃れることはできません。それが、真実です。

私は、目が見えないことで家族や社会に迷惑をかけているかもしれません。ただいっときも、感謝の気持ちを忘れたことはありません。歌手の小金沢昇司さんの『ありがとう…感謝』という歌を、いつも心の中で歌っています。

感謝、感謝の気持ちを片ときも忘れずに。

目次

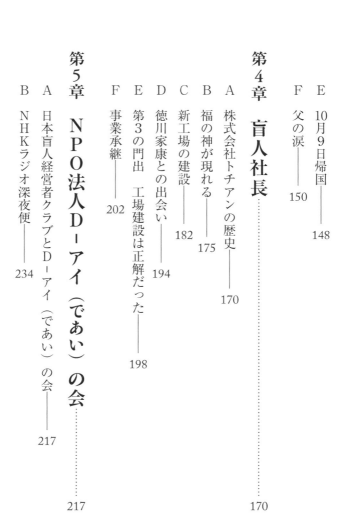

第6章　光輝高齢者（後期高齢者）………237

第1章　無名の一市民 活動家

A　斎場はなぜ迷惑施設なのですか？

1．叔母の火葬で考えたこと

２００９年11月、私は叔母を亡くしました。お通夜、葬儀、告別式をとり行い、栃木市営斎場に出棺し、故人の遺体を火葬場で荼毘に付している間、いとこである喪主の国府三胤さんが私に聞いてきました。

「いつから、この火葬場では、最後のお別れ（拝顔）ができなくなったのでしょうね」

そういえばこれまでは、火葬の前に祭壇を設け、お坊さんの読経を聴きながら、焼香を済ませた人から、頭の方に回り、手を合わせ頭を下げ、最後のお別れ（拝顔）をしたことを思い出しました。ところが、この度の叔母のときは、焼香が終わり次第、台車に乗せ換え、あっという間に火床に入れてしまい、扉が閉まるとすぐに着火の音が聞こえてきました。

やがて火葬が終わり、骨上げをしていたとき、私の家内が壁に「当火葬場では、最後のお別れはできませんのでご了解ください。環境課」と書かれた貼り紙を見つけ、私に読んで聞かせてくれましたので、いとこにも読んでもらいました。私は、このことを担当する部署が環境課であることに違和感を覚えました。

市役所の環境課というところは、今では地球温暖化などの社会的課題にも取り組んでいるのかもしれませんが、叔母の亡くなった当時の私のイメージでは、環境衛生に関わる業務、つまりゴミの収集や街の美化などに携わる業務を司る部署でした。事実、ゴミの収集申し込みを受け付ける窓口を環境課の中に設けている自治体は多いのです。

私は「なんだ、人間も死ぬとゴミ扱いされるのか」と思い違和感を覚えました。

いとこの国府三胤さんは、平安から鎌倉時代前期の武将、千葉常胤の末裔でもあります。常胤は坂東武者、すなわち関東の在地領主としての武士の、そして鎌倉幕府の御家人の、ひとつの典型と称されました。

叔母の葬儀から数日が経っても、叔母に最後のお別れができなかったのは何とも悲しいしおかしいということを考え続けていました。そこで近隣の複数の火葬場に電話で聞いてみると、どの火葬場でも、遺族が望めば拝顔はできるということでした。

では、叔母が荼毘に付された火葬場だけが、そんなことになっているのでしょうか。私はなぜ栃木市はダメなのか疑念を深くしました。

そのような気持ちを抱いて、どうして栃木市の斎場だけが最後のお別れができないのか、その理由を知りたいと思い、市役所の環境課を訪ねました。

担当の職員は、私の話をしっかり聞いてくれたようでした。書類をめくりながら話してくれました。

「以前、最後のお別れをしようとしたお年寄

火葬場

りが台に乗ったところ、転んで怪我をされた事案があったのです。それ以来、やむをえず禁止することになりました」。

私は、「そうでしたか。納得しました」と職員の方にお礼を告げて、その場を辞しました。私からいとこにも電話して、その内容も伝えました。いとことは電話で、役所の立場からするとやむをえないことなのだろうと話し合ったのでした。

2. 社会とともに葬儀も変わる

この当時、栃木市の斎場がいつも非常に混んでいたのも事実です。人が亡くなって死亡届を出して火葬するまで、場合によっては10日間も待たされることがありました。遺体の保存にも苦労し、家族は多大な心労にさいなまれているとマスコミにも取り上げられたほどです。斎場の職員にも、大変な負担がかかっていたことでしょう。

２００４年1月に亡くなった実母は、亡くなってから5日後に火葬できました。５日間といえども、残された家族は大変に苦労したことを思い出しました。

栃木市にも斎場（めもりある）ができました。これまで、自宅葬を行うと、葬式を出した世帯だけでなく、近隣住民のみなさんにも多大な負担がかかっていました。隣家の葬式を、会社を休んで手伝うなどということも珍しいことではなかったのです。

それが、専門業者が諸々のサポートを代行してくれるようになりました。現在では自宅葬はほとんど見られなくなりました。これはよい社会変化といえるのではないでしょうか。かつて村八分という言葉がありました。それは、たとえ近所付き合いをまったく断っていても、葬式と火事のときだけは助けるしきたりでした。地方においても隣は何をしている人なのかもわからない時代になってしまい、地域コミュニティは思った以上に壊れてきています。

やはり納得ができないという思いが募りました。

そんなとき、私はテレビで放映された一本の映画を観ました。『おくりびと』（監督・滝田洋二郎／出演・本木雅弘、広末涼子ほか／松竹２００８年）という、米アカデミー賞で日本初の外国語映画賞に輝いた作品です。私たち視覚障碍者は、音声ガイドとセリフを聞いて、映画やテレビドラマを鑑賞します。納棺師の仕事を通じて、亡くなった人に対する畏敬の念を優れた表現力で描いたこの作品に、私は感動しました。

世界の人々から高い共感を得たのは、死者への畏敬の念、そしてお別れの儀式にまつわる、日本人の崇高な死生観ではないかと思います。

私はこの作品を観て、「最後のお別れ」が栃木市だけできないのはおかしいという思いを改めて感じました。

おかしいと思ったら、より考えを深めます。とはいえ、一介の市民である私が行政の決まり事を変えることは至難の業であることにもすぐに思い至りました。

3．市民環境部長からの電話

後日、市役所の市民環境部長さんから電話がありました。

「市長は公共交通をやらないと言っているわけでないと、石川さんには誤解しないよう伝えてほしいとのことでした」

ちょうどその頃、私が長年取り組んでいる公共交通弱者に関し、市長の曖昧な答弁に対して思わずヤジってしまったことがありました。そのことでの電話だったのですが、市民環境部長さんといえば斎場の担当でもあります。そこで、「たまたま、『なぜ斎場で最後のお別れができないのか』ということについて、新聞に投書しようと原稿を書いておりました。すぐファックスをお送りしますので読んでください」と原稿を送りました。

すぐに、市民環境部長さんと環境課長さんが私の会社を訪れました。

「実は最後のお別れについては私どもも知らなかったのです。貼り紙はすぐに撤去することにしました」と報告に来られました。

４．父の葬儀

２０１０年９月、84歳になった父の黄疸がひどくなり、近くの医師会病院に入院しました。

担当医師から、壬生町にある獨協医科大学病院で精密検査をした方がよいと勧められ、転院しました。最初の診断は、胆汁管が炎症を起こしているので、炎症を抑える治療をしますという説明があり、やがて、胆嚢の中に大きな胆石があるので、取り除くための手術が必要との説明がありました。手術は成功しましたが、先生がおっしゃるには、開腹したところ膵臓ガンが見つかり、胆汁の流れをさまたげている原因はこれになりますという説明が改めてありました。

そして、２０１１年３月11日には、東日本大震災の揺れをベッドの上で体験することにもなりました。東日本のみならず、日本中を震撼とさせた大災害とその後の様子を、父はテレビで見ていました。

５月に入り、父から自宅に戻りたいと話があったことをケアマネージャーさんに伝えると、在宅で診てくださる先生を探してくれ、自宅に戻れることになったのです。それから、10日間、部屋にお風呂を組み立て、先生・看護師・介護師さんのチームに完全看護をしてもらい、満足した生活を送ることができました。亡くなる2日前には、私と家内にどこの銀行にいくらあると説明までしてくれました。父なりの「終活」だったのだと思っています。

5月22日は、私が会長をしている、ボランティアさんと視覚障碍者の会「D－アイ（であい）」の総会が10時からあります。ネクタイをしたりスーツを着たりと自宅で身支度をしていたところ、妹から「おとうちゃん死んじゃった」との電話がありました。駆けつけたところ、朝ごはんの用意をしているうちに、あっという間に息を引き取ったとのことでした。まったく痛みも苦痛もない、大往生でした。

私は、父親の寿命がもう長くはないだろうと思われた段階で、母親のときにお世話になった葬儀社と打ち合わせをしていましたので、すぐに連絡を入れ、兄弟と連絡を取り合いながらお通夜、葬儀、告別式の段取りをお願いしました。

かつて、お寺さんが葬儀全般を取り仕切っていた時代には、戒名料金などについて細かい取り決めがあったと記憶しています。私は家内と菩提寺のお寺さんに出かけ、葬儀の日程や戒名料金について、葬送の段取りを話し合いました。

私自身は、檀家制度は明治初期になくなったと解釈しており、私自身も自分を仏教徒と思ったことが一度もありません。父の葬儀にお経をあげに来てくださったお坊さんには、「何かを唱えているお経よりも、私たちにもわかる言葉でお経をあげてもらえませんか？」と思わず言ってしまいました。

葬儀社の、経験豊富な担当者との打ち合わせの中で、かつてはお通夜というものは本当の近親者のみが故人の思い出を語り合いながら一夜を過ごすものだったが、最近では葬儀、告別式の出席者までが近親者のみになってきて、したがってお通夜にはどれくらいの人が出席していただけるのか、そして、通夜振る舞いに何人が残ってくださるのかまったく見当がつかなくなったという話をされていました。２００４年の母の場合は、お通夜に予想を大きく超える５００人の会葬者に来ていただきました。通夜振る舞いはどうするのかと心配しましたが、そこは、葬儀社の方で臨機応変に会場と料理を用意してくださり、商売とはいえ、たいしたものだと思ったのでした。

父の葬儀でも会葬者の予想はつきませんでしたが、３００人を超すみなさんが故人とのお別れをしてくださいました。

父の葬儀において私は、「斎場では最後のお別れをします」と葬儀社の担当に伝えました。私が私の担当部長に掛け合って実現したことでもあり、これは是非とも実現したいと思ってのことです。

「それが、栃木ではできないことになっておりますので……」

「そうですか？　2年前に私が役所の部長と話し合って、今はできることになっているはずです。調べてみてください」

急いで調べてもらうと、

「確かにそうなっております。知りませんでした。でも、ここ数年経験したことがありません」

貼り紙は撤去する、つまり最後のお別れもできるようになったはずですが、市民環境部長は、今さら葬儀社に伝えることもないだろうと考えて、伝えていなかったのではないかと思いました。変わったことを誰も知らない。これでは私のしたことは無意味だったということになります。私は私だけのために最後のお別れをしたいと言ったのではないのです。最後のお別れは、大切な人を亡くした誰もが望むことではないでしょうか。

また、母のときは、宮型霊きゅう車に乗せて、遺体を斎場に運びましたが、今では、栃木県内には宮型霊きゅう車は一台もないとのことでした。父が亡くなったのは母の7年後になりますが、そんなところにも葬儀の様変わりが表れていることを感じないではいられませんでした。

私が助手席に座って位牌を抱き、斎場まで行きました。ワゴン型の霊きゅう車に父の遺体を載せ、斎場に着いてから、火葬炉の前に祭壇を作り、お坊さんにお経をあげていただき、焼香を済ませました。目の不自由な私は父の顔を見ることができませんので、棺桶の頭の部分の蓋を開けてもらい、冷たく張りを失った父の死に顔に直接手を触れて、最後のお別れをしました。

5．迷惑施設―斎場？

少子高齢化のことは誰もが認識していると思います。

子どもが減り、人口が減っていきます。高齢者は高度に発達した医療のおかげで長生きしますが、それでも限界はあります。やがて多死時代が到来します。死亡届を出してから、火葬するまで、長く待たなければならない時代がくることが語られることは稀です。遺体が腐敗したりしないよう冷蔵・冷凍の部屋に預かるという、「遺体ホテル」とでもいうような施設まで現れました。遺族が自由に遺体と対面できない遺体安置所とは違い、仏さんを見守ったり寄り添ったりできるというので、鳴り物入りでオープンしましたが、２０１７年に姿を消しました。時代を先取りしすぎていたのかもしれません。

社会において、総論賛成各論反対の代表的な施設はさまざまですが、斎場、ゴミ焼却場および産業廃棄物処理場などは、中でも代表的な施設といえるのではないでしょうか。誰もが必要としながら、身近に存在することは拒否感を持つような施設です。

私は、住民が自宅の近所に造られるのを拒否する筆頭の迷惑施設は、斎場だと思っています。自宅前の道路を霊きゅう車が通ることも嫌がる住民は意外と多いのです。かつてよく目にした「宮型」と呼ばれる霊きゅう車ですが、人の死に直結する霊きゅう車という存在そのものに対する住民の拒否感が強く、栃木県からは姿を消してしまいました。

人はいつかは必ず死にます。しかし、遺体や葬儀にまつわるものを忌む風潮は、社会に根強く、21世紀の今日でも、斎場の建設予定地では必ず反対運動が起こっています。


栃木市の斎場は、建設されてから40年が過ぎ、15万人が住む都市にしてはみすぼらしい斎場になってしまいました。畳敷きの待合室は、導線が悪く、いくつもの葬儀の会葬者が一緒にひとつの部屋に押し込められているありさまです。死という、厳かでありながらももっともプライベートな個人情報も制御のしようがありません。まさにプライバシーがない状態ですが、利用者にとっては、めったに来ない施設でもあり、建て替えた方がよいという声はほとんど聞こえてきません。

宇都宮市では悠久の丘という斎場が２００９年にオープンしました。故人との最後のお別れにふさわしい「聖なる地」として、安らぎ・ゆとり・安心感・荘厳さを兼ね備えた斎場を謳っています。県庁所在地の斎場だけあって、さすがに安らぎを感じさせる施設だと感じました。広い駐車場、周辺を小高い丘に囲まれて、鳥の鳴き声がのどかに響いてきます。この施設で火葬や葬儀が行われるのだとは、周囲の環境や雰囲気からはすぐには想像できないかもしれません。キッズコーナーも設けられて、大人が葬儀に参列している間、子どもらはそこで遊ぶこともできるという、死と葬儀という暗く悲しいイメージからは大いにかけ離れた施設といえると思います。

これが、栃木県の福田富一現知事が宇都宮市長時代に計画し、建設に心血を注いだという斎場です。

２０１５年の１年間の死亡者数は１２９万４４２人となり、戦後最大を記録しました。厚労省の人口動態調査では、２０３０年には１３０万人を超え、２０４０年に１４０万人に達してピークを迎えるとの予測値が発表されています。多死時代は確実に目前に迫っているといえます。

したがって、そういった時代に対応できる、規模も機能も兼ね備えた斎場建設は、必ずや住民のニーズに合致すると私は考えました。母を送り、叔母を送り、父を送った経験から発想し、それは最初は小さな思いに過ぎませんでしたが、次第に大きな確信に変わりました。

２０１０年、一市三町が合併し、２０１１年、２０１４年にも隣接の町を編入し、新生栃木市の人口は約2倍の約16万人になりました。県内でも大都市に数えられる栃木市にふさわしい斎場が必要になるだろうと考え、鈴木俊美市長や大川秀子議長に対し意見書を提出、複数回にわたって理解を求めました。しかし、積極的な反応はなく、市政を担う中枢の無関心さだけが私には感じられました。

新斎場を作るには、最低でも10年の歳月がかかります。私は、栃木市が真剣にこの問題と取り組まなければ大変なことになるし、将来の世代に禍根を残すことになると考えるようになりました。

２０１１年の9月議会で、友人の入野としこ市議が、斎場について一般質問をしてくれました。担当部局の富田市民環境部長（当時）は、「これから考えます」との答弁を行いました。私は、行政として取り組む気がないことがよくわかり、落胆しました。

同年12月には、一介の、無名の市民活動家として、栃木市の市政記者クラブで記者会見を行い、私の考えを聞いてもらいましたが、記事にはなりませんでした。

私は、これはどうしたものかと頭を抱えてしまいました。

6．新斎場の必要性を訴える

このとき考えたことは、最後のお別れができない栃木の斎場はおかしいと感じた叔母の葬儀のときと同じです。つまり、世論に訴えるしかないと考えたのです。

私は、「斎場はなぜ迷惑施設なのですか」と書いたA４判カラーのチラシを１万枚作り、２０１１年４月８日（お釈迦さまの誕生日です）に、新聞の折り込みで一部に配布しました。ついでにすべての市会議員のところにも郵送しました。

このチラシを読んだ長芳孝市議は、私の考えに共感して自宅まで来てくれ、意見交換をしました。私は同志を得たのです。彼は自分もそのように考えていると言い、６月議会の一般質問で取り上げると約束してくれました。

この質問を受けた鈴木市長からは、今度は「５年以内を目途に考える」との答弁を引き出すことができたのです。

7．栃木市新斎場再整備検討委員会

その答弁の翌月の７月には、専門部署として斎場再整備検討室が職員３名の体制で発足しました。5年以内という答弁には、何を悠長なと半分呆れていた私ですが、翌月に新部署を創設したこのスピード感には私もとても驚きました。私にも、市長が本気だということは伝わってきました。

市民の意見を取り入れて、今の時代にふさわしい斎場を建設すべきと、小山工業高等専門学校の尾竜教授を委員長として、各地区の代表者と一般公募で選出された15名の委員からなる検討委員会は11月13日に初めての会合を開きました。言い出しっぺの私も、各種の市民団体から推薦されたとのことで、鈴木市長から委嘱状をいただきました。

実は前月に自宅の階段で足をすべらせ、腰椎を圧迫骨折して入院していたのですが、上半身をコルセットで固定し、D－アイ（であい）の会のボランティアの猪熊栄雄さんに手引きしてもらい、委嘱会場で鈴木市長の来場を待ちました。

前年まで大平町の町長をされていた鈴木市長は、大合併で新しい市となった栃木市長選を勝ち抜いて市長となった方でした。選挙運動では私も微力ながら物心両面でできるだけのことをしたつもりです。

感謝の言葉がほしいわけでも、骨折の見舞いを言ってほしいわけでもありませんが、市長は仏頂面のまま、無言で委嘱状を手渡してくれました。骨折のため私がジャージ姿だったことが気に入らなかったのか、それとも、と私も考えを巡らせましたが、どうも腑に落ちません。
このように、鈴木市長とはコミュニケーションの取っ掛かりを欠いたまま、あまり近づくことのないままとなってしまいました。

行政が広く市民の声を聞くと称して、○○審議会や○○検討委員会というような組織を作ることは一般的です。多くの検討機関は、大学の教授などの識者を委員長に充て、広く市民から公募して行われますが、ほとんどが、あらかじめコンサルタントの指導のもとに、御しやすいようにシナリオができていて、市民の声を聞いたというアリバイ作りに利用されているのではという疑念を私は持っています。
しかも、近年はパブリック・コメントを募るようになりましたが、特定の意見を持った団体や企業が、組織的にパブコメを利用することも可能なのです。

さて、斎場整備検討委員会では、火葬炉の数や、プライバシーの尊重などを軸に、他市で稼働している斎場6か所を見学し、合併して広くなった地域の住民の方々が不便をきたさないよう、南北40キロのほぼ中心であり、かつ幹線道路より東西に1キロ以内の場所に用地を取得すべきと、10か所の候補地の中から4か所に絞り込み、さらに市役所の部長会議で旧岩舟町の南部清掃工場跡地と内定しました。

鈴木市長を先頭に職員の方々が地元三谷《みや》地区の住民のみなさんの説得を続けてくださり、ついに理解を得ることができ、正式な決定に至りました。一番の難題が解決し議会での議決を受け、基本設計を策定するところまで進んだのでした。

２０１７年12月に開催された都市計画委員会では、商工会議所の大川吉弘会頭が、来年の市長選挙まで凍結したらどうかと発言し、斎場の建設はストップしてしまいました。

これは、あくまでも現職市長に対する嫌がらせと捉え、私は一日も早い進展を望み翌年2月に新斎場の外構に栃木市の花「アジサイ」と栃木市の木「とちの木」を植えてもらいたい、完成を待っているというアピールのため建設の基金として１００万円を寄付しました。やがて都市計画検討委員会のメンバーが入れ替わり、開発行為が認められ、再び事業が進展し始めたのです。

しかし、ものごとというのは蓋を開けるまで、建設というものは竣工するまでわからないものです。２０１８年4月に行われた市長選挙で、大川秀子元市議会議長が市長に当選。選挙公約にも入っていなかった斎場の見直しを言い出したのです。度重なる討議と調査を担ってきた検討委員会の委員たちにとって青天の霹靂です。
大川新市長は、議員時代には賛成したのに、なぜ考えを変えたのか。本心は明かしません。市民との対話集会で反対意見があったというのみです。反対意見がゼロであることはあり得ません。一方で、あったとしてもそれはごく一部で、何も白紙に戻すほどの意見ではありませんでした。

１年半もの間、議会ですったもんだを繰り返した挙句、大川市長は再検討の指示を撤回しました。ところが二転三転、大川市長が設置場所の変更を言い出し、半年間また事業はストップ。起工式を行ったのがやっと２０２２年４月５日。２０２３年10月の共用開始予定と決定しました。ここまで巡り着くまでに14年もかかってしまうありさまです。

この斎場の問題では、権力を行使する人によって、いとも簡単に政策が左右されブレてしまう地方政治の問題を、私は思い知ることになりました。私ひとりで始めて、問題を提起し、行政を動かしたつもりでおりますが、思わぬ落とし穴も潜んでいました。とはいえ、私の望みは市民のみなさんに喜んでいただくことだけでした。それができたとしたら、それは私にとっても喜びであるのです。

新しくできる斎場では、最後のお別れは、遺族の希望により可能になるとの約束になっています。

8．葬送の文化を考える

２０１３年7月20日、朝日新聞の星野哲《さとし》記者が長年にわたり取材してきた葬送の在り方を『葬送の文化を考える』という題名の書籍にまとめて出版しました。その本を読んで、私は、星野さんに、栃木市で講演をしていただけないかとメールをしたところ、快諾の返事をいただきました。

この講演会は私個人が主催するので、主催者名は私の関係している団体の名を借り、市の斎場再整備室の職員の方々に会場の設営や受付を手伝ってもらいました。

講演会を催すにあたり、主催者としては、どれだけの人が集まってくれるのだろうと、

葬儀文化を考える　挨拶

そればかり気になります。チラシを４００枚手配りで配布しただけに、４００名入る会場が人もまばらだったら講師の星野さんに申し訳が立ちません。栃木県は雷の多い街です。それだけに大雨が降らなければよいが、など大変気をもみました。

星野さんは大変気さくな方で、パソコンをリュックに入れてふらっと来られました。プロジェクターを使用しながら、沖縄や新潟県の永代供養墓と樹木葬の話をされ、急激に変わりゆく葬送の文化の話をしてくださいました。ありがたいことに、約２５０名のみなさんが集まってくださいました。星野さんには気持ちよく講話をしていただけたと思っています。

また、2年後には『２０２５年問題。超高齢化社会を考える』という題名の書籍も出版なさいました。そこで、２０１５年10月13日に栃木市高齢福祉課の協力を得て、再び話をしていただきました。

講演会を開くにあたっての問題は、講師がそれなりに著名な方だと講師料がそれなりの金額になり、会場の使用料金やチラシなどでかなりの支出となり、私ひとりで負担するのにはちょっと勇気のいる事柄になります。でも、幸いなことに現役の朝日新聞の記者である星野さんは交通費だけでよいとおっしゃってくださり、非常に助かりました。多くの聴衆にも満足していただいたようで、この達成感は、主催した者にしかわからないよい気分でした。

それだけでは終わりません。

この講演会が基になり、栃木市の霊園再整備計画ができたのです。（栃木市霊園再整備計画・別掲）

B　蔵のまちとちぎの誕生

1．10万人栃木まつり

１９７３年８月、栃木青年会議所第15代理事長の木村豊太郎さんが中心になり、栃木市に新しい祭りを作ろうという呼びかけがありました。栃木市立東中学校の校庭に大きなやぐらを建て、やぐらの上ではおはやしを演奏。その周りは幾重もの輪になっての盆踊り。その周辺にはテントを張った露店が出るといった趣向です。若い世代だけでなく、老若男女が楽しめるよう練られた祭りは大変な賑わい。大成功を収めました。

このとき私は、ボーイスカウト活動をしている弟の同級生に請われて、仲間10人の協力を得て缶ジュースの販売をしました。あまりの売れ行きのよさで、缶ジュースを冷やす氷水で手が痛くなるほどだったのを覚えています。

第１回10万人栃木まつりは、翌年から会場を市内中心部の大通りに移して催されました。各団体や事業所がそれぞれゆかたを揃え、プラカードを持ち、三か所に分かれたおはやしの周りを循環するようになりましたが、10年後には廃止になってしまいました。

2. 若人の日

これも１９７４年になります。「若人の日」ヤングフェスティバルが催されました。

４月、栃木市内の樋ノ口町にある卸団地を会場に、同団地内の道路や広場にステージを作り、各種バンドや歌番組などで活躍していたスクールメイツに盛り上げていただきました。各団体とも出し物を演じ、展示を披露しました。

このときの私は、朋友《とも》茶屋という模擬店を出しました。孟宗竹を柱に、赤い緋毛氈を敷き詰めた演台を作り、ところてんや甘酒などを販売し、天秤棒をかついで、会場から会場へと売り歩きました。

栃木駅からシャトルバスを運行するなど、輸送と移動も綿密に計画され、天気にも恵まれ、大勢の来場者で賑わいました。

3. 市長選挙

私は、青年会議所には入会していませんでしたが、ある日、木村豊太郎会長から「ちょっと来てみないか」とお誘いがありました。

木村さん宅に行くと、青年会議所あげての推薦を得て市長選挙に出馬するので、ついては翌年の選挙に協力してほしいとの要請を受けました。面食らいました。

当時木村豊太郎さんは37歳。相手は現職の柴新八郎さんで、77歳。私は27歳。面食らったものの、もともと政治好きなタイプです。とはいえ、それまで実際に選挙運動に関わったことはありません。

翌日から、仕事が終わると、選対本部となった事務所に出かけ、夜の2時頃まで、資料を作ったり、木村さんが右手を高々と挙げてVサインをしたポスターの貼り出しなどをしました。木村候補のキャッチコピーは「清新な若い力」。対立候補が高齢であることへの、自陣営の最大のアピールです。木村候補の挨拶回りにも同伴しました。

選挙期間中は事務所にひとりで泊り込むほどの意気込みでしたが、残念なことに選挙には負けました。強固な現職の地盤を突き崩すことはできなかったのです。

投票日の翌日からは、書類を焼却したり、事務処理というか敗戦処理のようなことをやりました。水面化では違反スレスレというか選挙違反があったのかなかったのか、警察が運動員のうちで一番若い私を呼んで取り調べて締め上げるという噂がありました。相手陣営は警察人脈にも入り込んでいたということでしょう。私は、その時はその時だと覚悟を決めていたようなところがありました。私自身は何らの違反行為もしていないし、選挙違反を目にしたこともありませんでした。ただ、地方の首長を選ぶ選挙戦のえげつなさも相当なものだということを、このときの選挙運動で学びました。

後の活動で、このときの経験が活きることになるとは、まだこのときは想像もしませんでした。

4．ディスカバー・ジャパン

木村さんの選挙の翌年、１９７７年には私が「若人の日」の実行委員長に選ばれました。栃木市日出町にある市民会館の教室と講堂が会場になります。国鉄（当時）は、ディスカバー・ジャパン・キャンペーンを大々的に行っており、キャンペーンソングの山口百恵さんの『いい日旅立ち』は、テレビ、ラジオのコマーシャルなどで耳にしない日はないほどでした。

戦災を免れたわが栃木市は、江戸時代からの商人の街として知られています。日光例幣使街道の宿場町、そして江戸との舟運で栄えた「北関東の商都」とも呼ばれ、市内中心部は、今でも江戸の風情を色濃く残した美しい街並みが残っています。

私も、県内の他市町にはない落ち着いた街並みにとても愛着を感じています。そこで、栃木県内で初めての月刊タウン情報誌『うづまっこ』（発行・ふろんてぃあ）を編集発行していた梶原一豊さんに相談しました。うづまっことは、商都・栃木を支えた巴波川《うずまがわ》流域を象徴する地域、そしてその土地に生まれ育った私たちのことを指します。

梶原さんとは、第二の飛騨・高山を目指そうということになりました。飛騨・高山は岐阜県の山岳都市で、古い町並みが残る観光都市としても知られています。江戸時代に建てられた木造の商家が並び、春と秋に開催される、1600年代半ばに始まった歴史あるお祭り高山祭は、「屋台」と呼ばれる豪華な金色の山車とからくり人形が有名です。

栃木市巴波川

私は、商都として栄え、古い街並みの残る栃木市と飛騨・高山には、近しいものを感じていました。そこで、飛騨・高山の観光地としての基礎をつくった、陶芸家であり郷土史家でもある長倉三朗さんをお招きし、講演会を催してはどうかと思い立ちました。

それにＮＨＫのテレビクルーに依頼して、例幣使街道や、当地を開拓した岡田嘉右衛門の陣屋跡、岡田家別邸の翁島を開放していただき、巴波川沿いの旧横山銀行家などに自転車の若者たちが訪問する、今でいう街歩き風の番組を撮影してもらいました。

ちなみに岡田嘉右衛門は、古くは武士でしたが、帰農して江戸時代の慶長の頃、士豪として栃木に移住し、荒れ地を開墾し、地域発展のために尽くしました。以後代々の当主は嘉右衛門を襲名し、「嘉右衛門町」という地名の起こりともなりました。また、日光例幣使街道の開通とともに名主役、本陣を務め、代官職を代行するなど要職を担ったのです。

これがきっかけになり、翌年から東京から蔵の街栃木に寄って、陶器で有名な益子町へのはとバスの日帰りコースが始まりました。

5．小江戸サミット

１９７７年４月からの朝の連続テレビ小説は、流行歌手・佐藤千夜子の浮き沈みの激しい半生記を描いた『いちばん星』（出演・高瀬春奈、五大路子ほか／原作『あゝ東京行進曲』河出書房刊／結城亮一著）が放映されました。

この朝ドラの放送後、栃木の街並みを撮影してもらった「蔵の街・栃木」の様子が15分ではありますが、全国に放映されたのです。反響は、大きなものがありました。「蔵の街・栃木」の誕生です。以後、何かにつけて「蔵の街」と呼ばれ、住民も落ち着いた蔵の街の風情に誇りを持つようになっていきました。

同じ時期に、私たちは栃木で、日本で初めての肢体不自由児の養護施設ねむの木学園のドキュメンタリー映画『ねむの木の詩』と、『同胞《はらから》』（松竹映画／山田洋次監督作品／出演・倍賞千恵子、寺尾聰ほか）の2作品を配給元からレンタルし、講堂で上映することにしました。

しかし、地元の映画館からは、新作上映は営業妨害であるのでまかりならぬと苦情の電話がかかってきました。言われてみればその通りなので、このまま上映することはできません。チラシも配布し、前売券も売り始めており、困っていると、知人の青年会議所の山野井三男さんが、映画館主とは知り合いなので、大スクリーンを使用せず、ごく僅かな人々に試写を観ていただくだけにするということでご理解いただいて、了解を得ることができました。

その他、市内の市民演劇グループ「空」が『熱海殺人事件』（つかこうへい作）を上演したり、各種の芸術サークルが写真展や屋外ダンスパーティーなどの行事を行いました。

この3年後、宇都宮・栃木・藤岡を結ぶ県道のバイパスが開通しました。栃木商工会議所会頭の滝沢武さんのところにおじゃまして、私は記念イベントを催したいから蔵の街大通りを通行止めにしてほしいと伝え、警察署と掛け合っていただきました。許可がおり、8月の日曜日に開催日も変えて数々のイベントを開催することができるようになりました。この大通りをぶち抜いてのイベントは、このあと5年間も続くことになったのです。

若人の日のイベントは、毎年実行委員会を組織して、元金30万円に一口1万円の広告費を資金源とします。行政からは、テントをお借りする程度で、若い人々だけでまさに手作りの催しを企画しました。

警察音楽隊の演奏を楽しみ、レストランのシェフによる氷の彫刻で涼を感じ、ボーイスカウトなどのボランティアにまさに手弁当で参加していただき、4トン車の荷台がステージになり、ピンク・レディーの歌謡コンクールや、隣接する佐野市出身のダ・カーポの演奏を開催しましたが、ときには大雨で観客がまばらなこともありました。

孟宗竹に口をあけ、市内の商店にふれあい募金箱として置いてもらうと、瞬く間に100万円も集まってしまい、やがて実行委員会を解散するときには、利息がついて150万円になっているという有様でした。社会福祉協議会に全額寄付したところ、とても感謝されたのを覚えています。

若人の日の実行メンバーは、ほとんどが個人参加です。夜になると手作りのポスターを各所に貼っていき、小学校の前でチラシを配ったりもすべてボランティアです。

これらはとても楽しい青春のひとときとなりました。やがて、何組かのカップルも誕生したのでした。

私はかねてより、埼玉県川越市を中心に40店舗を展開している、くらづくり本舗の代表取締役であり、県県議会議員から衆議院議員となられた中野清さんと交流がありました。シンポジウムなどを行っている中野さんは、「川越市より栃木市の方が江戸の風情を色濃く残しており、これをうまく活用していけば立派な観光地になる」と言ってくださいました。

ただし、そのような地域振興を実現するには、「いかに考え、本気で行動する市民がどれだけいるかです」といつも話をしてくれました。

私と中野さんとのこの交流は、のちに川越市・栃木市・千葉県佐原市までを巻き込んで「小江戸サミット」として結実しました。現在では千葉県香取市にも交流が広がっています。

いまから45年前には、５００以上蔵を利用した店舗や蔵づくりを活かした倉庫などがありましたが、１９９０年には蔵の街大通りの中心部数十棟の蔵を壊して、福田屋百貨店が5階建ての店舗を建ててしまいました。それに対しての市民からの反対の声は上がりませんでした。

そしてその百貨店も、20年あまり後の２０１１年には閉店してしまったのです。デパートの時代の終わりを象徴するような出来事ではありましたが、取り壊された蔵は戻ってきません。

マンションなどに建て替えたりして、取り壊しが進んだ結果、蔵の数は約２００棟にまで減ってしまいました。蔵の街・栃木に小江戸の風情を楽しみに、せっかく来てくださった観光客には、少々物足りなく思われているかもしれないと、申し訳ないやら恥ずかしいやら。

C　選挙の難しさ

1．大島和郎県会議員を市長選挙に擁立　木村豊太郎さんを裏切る

1975年4月の市長選挙に負けた後、清新会というグループを立ち上げて事務局を担当していました。12年後に現職の永田英太郎市長が市長選挙に出馬しないことが決まり、木村豊太郎さんと清新会の仲間たちも木村さんが再び出馬をすることに賛成でしたが、私だけは木村さんが市長選に出馬することには反対しました。

それは、木村さんに対して市民からの要請はほとんどなく、12年前に惨敗した市長選挙の総括もしておらず、木村さんが出たいと言ったのでそれに賛同し、市長選挙というイベントをやっただけに過ぎなかったことに気付いたからです。要は、木村さんはじめ清新会の仲間は、栃木市民に夢と希望をあたえるにはどのような自治体にしていけばよいかという政策を立案してきませんでした。木村さんの熱意と木村さんが市長選に出るならば応援しようというだけの仲間としか思えなかったのです。それと、市長選挙をやるのにあまりにもお金がかかりすぎる。その資金について、木村さんは考えているかもしれないが、清新会としてまじめに話し合ったことはありませんでした。

私は、木村市長を目指すのではなく、県会議員に挑戦し、市長にとの待望論が出てきたら、そのときは出るべきだと一番若い私ひとりが主張しました。

木村さんと清新会のメンバーには、裏切り者と映ったかもしれません。

2. 大島和郎県会議員

大島和郎さんは、栃木市大町の肥料店の長男として生まれ、地元栃木高校から、一橋大学法学部にて学びました。クラスメイトに石原慎太郎氏がいました。大学を卒業後は時事通信社に入り、ワシントン支局に勤務。のち親の介護の必要から本社勤務になり、栃木から通勤していました。

１９７５年4月、栃木の自民党から県会議員に出馬の要請を受け、県会議員に初当選します。性格は温厚で、非常に真面目。陸上競技で鍛えたがっしりした体格で、私は親しみを感じられました。

石原慎太郎さんとの逸話として、国道１１９号、１２０号のバイパスとして、１９７６年（昭和51年）─１９８１年（昭和56年）、終点の日光市の清滝トンネルについて自然保護団体が自然破壊から環境を守るとして反対運動が起き、工事がストップしていました。１９７６年12月24日に石原慎太郎氏が福田内閣の環境庁長官に就任したので、お祝いの電話をしたところ、翌日に環境庁から工事の許可がおりました。「だから俺は、日光市には感謝されている」と述べていました。

3．イキイキとちぎを創る会

毎日新聞の会沢輝夫記者が、大島県議に市長選挙に立候補しないかと何度か話をしているのを聞いて、１９７６年6月、大島県議に私の自宅に来ていただき、「県議自身は市長選挙に出るつもりはあるのですか？」とお聞きしたところ、「ぜひ出馬したいと思っているが、それを自らの意思で世間に発表するより、若い人たちから要請されて、それに応える形式で出馬を表明したい」とのことでした。

その話を伺って、『うづまっこ』の梶原さん、市会議員の阿部さん、そして、毎日新聞の会沢さんに話をしました。その結果、もともと大島さんには、県会議員の後援会があるからと、私が代表になって「イキイキとちぎを創る会」という政治団体を立ち上げ、選挙管理委員会に登録しました。さしあたっての活動資金を借りるべく、栃木信用金庫に行って、私が借主となり梶原さんに保証人になってもらい、５００万円をお借りし、事務所を借りて、電話を引いたところで、サンプラザ栃木の会議室に10人ばかり集まっていただき、栃木のまちづくりについての話し合いを持ちました。その様子が翌日の毎日新聞と下野新聞に載りました。栃木市の若い人々が来年４月の市長選挙に出馬してほしいとの要望があった、それに対し大島県議はその要望を受け入れて市長選挙に出馬する意向を固めたという内容です。

4．勝てない相手

栃木は古くから麻の生産地が近く、麻問屋さんが数多くありました。その麻を使って下駄の鼻緒を作ったりの産業が盛んでした。戦後すぐは下駄屋さんなどの業界が景気がとてもよかった時期がありました。

鈴木乙一郎さんは、麻問屋を起業し、26歳で栃木商工会議所の議員に選ばれます。若輩の鈴木さんは、税金を安くしてほしいと、１９５７年、池田勇人大蔵大臣の自宅に陳情に出かけ、その後税金が安くなったそうです。

池田勇人総理大臣といえば、所得倍増、また「貧乏人は麦を食え」という暴言がありますが、鈴木さんは出てきた食事が麦飯なので驚き、奥さんから「池田家にはコメがないのよ」と聞いて、後日お米を届けたとの逸話がありました。

１９５５年（昭和30年）４月、業界の後押しにより栃木市議会議員選挙に立候補し初当選を果たします。

１９５９年（昭和34年）４月、栃木県議会議員選挙に立候補。当時、法務大臣だった愛知揆一が鈴木氏の応援演説を訪れ、新聞は鈴木の当選確実を報じます。ところが、僅か１００票足りずで落選。浪人中は栃木市の監査委員を務め、１９６３年（昭和38年）４月の県議会議員選挙で初当選し、県議会で数々の役職を務めます。

5．ミッチー裁定

鈴木県議は市長選に出るつもりがありませんでしたが、古くからの後援会のメンバー、特に栃木の天皇といわれていたタキザワハムの社長の瀧澤武会頭などが大島県議の出馬には不賛成なので、どうしても鈴木県議に出るよう説得していました。

私は、このままでは、鈴木県議との一騎打ちになってしまうので、自民党の県連会長の渡辺美智雄先生に何とか、鈴木県議の出馬を断念してもらえないか。それには、渡辺先生の「天の声」を発してもらえないかと考えました。大島県議の出馬に賛成していた思川砂利会社の青木信也社長さんが渡辺先生と関係が近いことを知っていたので、青木さんとはまったく面識がありませんでしたが、事もあろうに、一念発起して青木信也氏に会いに行きました。そして、私の考え、「渡辺先生の天の声を発していただけるようお願いできませんか？」と伝えました。

それから1か月後に大島県議と鈴木県議が渡辺先生の自宅に呼ばれ、市長は大島、県議は渡辺先生を支えるべき自民党の県連の幹事長で残るよう話されました。

大島県議も鈴木県議も渡辺先生の判断だと後援会にも説明ができると喜んで栃木に帰りました。後援会に説明すると、それでは、県議会議員としても応援しないと言われ、仕方なく市長選挙に出馬することを約束してしまいました。

このような渡辺裁定がでた経過については、青木信也さんと私しか知らないことです。

6. 選挙に強い人

「もし、大島先生が負けるとしたら、自分は一橋大学を出て、時事通信でワシントン特派員にまでなり、県議会選挙に一度も負けていないという慢心でしょう。それに対し、鈴木県議は、中学校しか出ていないし、選挙に落選をした経験がある。だから、鈴木県議は選挙の怖さを知っておられる、いかに人の心をつかむか、身に滲みついています。今の政治家は、『地盤・看板・カバン』を自ら努力しなくてもいい二世、三世議員が多く、選挙民の心をしっかりつかまなくても当選できるし、また小選挙区制度になってから自民党の議員が多くなっている。落選したらただの人になってしまう。大島先生に慢心があったらそれが敗北の原因になります」

投票まで半年となった11月、別に頭がよいわけでもない私がよくも生意気に言ったものです。

1987年2月に、イキイキとちぎを創る会の主催で中村メイ子（現中村メイコ）さんをお招きして講演会を開きました。90分で交通費を含み100万円かかりましたが、1200名入るホールは満杯になりました。

そこで大島候補に挨拶をお願いしました。

借りた500万は、ポスターを作ったり、政治団体としての広報活動に使ったりして、あっという間に底をついていましたが、それなりにカンパしてくださる方も現れます。500万円は5年かかって返済しました。

当時は、後援会の事務所にプレハブで食堂を作り、自治会単位で毎晩、大型バスで食事を振る舞いましたが、大島後援会は鈴木後援会の10分の1しか動員できませんでした。

そして、たまたま大島県議が友人の出版記念パーティーでロス疑惑で一世を風靡した三浦和義さんと一緒にいる場面が写真週刊誌『フライデー』に載っている号が発売になり「大島県議はあのロス疑惑の三浦さんとも親しい」との怪文書が、東京の赤羽郵便局から、栃木市内のほとんどの家庭に送りつけられたのです。

7. 敗北

今度の市長選挙は、初めから関わっただけに、もしかして勝てるのではないかとの希望を持っていました。

私などは、無名の一市民に過ぎませんでしたが、梶原さんなどは、タウン誌『うづまっこ』の定期購読を断られたりと、出版社の経営にも影響を及ぼしてまで闘っていました。私は、梶原さんと大島県議の後任の県議にと平池秀光市会議員さんに出馬をお願いに行きました。そして、市長選挙の３か月前に木村豊太郎さんも県議選に立候補することを決め、二人とも県議に初当選したのでした。

落選が決まった選挙事務所は一人ひとり自宅に帰ってしまい、それは寂しいものです。

翌日、私は警察に、あのように食事を振る舞うのは選挙違反ではないかとの電話を入れましたが、そのとき対応してくれた警察の方は、「あれは上州選挙といって福田赳夫代議士と中曽根康弘代議士の闘いであると言われてしまった。今日では、お茶菓子や飲み物の出し方によっても買収になり、公職選挙法は厳しくなっているので、何かと選挙管理委員会に尋ねながらやらなくなっている」と言いました。

私は、戦国時代だと、負けたら首がなくなってしまうが、選挙は負けても命までとられないのは民主主義のおかげだといつも思っています。

D　廃業した百貨店を市役所に

1．栃木警察署跡地

室町にあって歴史を重ねた栃木警察署は、蔵の街大通りに面しており、福田屋百貨店などと同様に栃木市のランドマークというべき建物でした。

この警察署も移転ののちに跡地をリノベーション事業として、美術館や文学館、保育園などを設置するために、２０１５年の12月議会では、賛成30・反対２で、マンションや商業施設の用地として２億円で民間デベロッパーに販売することを議決してしまったというのです。国からの補助金給付も当てにしてのことでしょう。

私は、警察署跡地は、栃木市の将来のために残しておくべきと考えました。また、マンション建設で、蔵の街大通りが消えてしまうことを憂えました。

拙速に栃木市にとってもっとも中心地にある貴重な場所を売却すべきでないと、中心市街地を考える市民会議を結成して、売却についてはよく市民の意見を聞いてから決定するよう反対運動を始めました。そして、その事実を広く市民に知っていただくためにチラシを２度にわたって配布し、７０００筆の署名を集め、市長と議長に対し要望書を提出し拙速な売却を中止してもらうことに成功しました。私の反対する理由は、栃木市にとってかけがえのない場所なので、広く意見を集約した後、有効に活用してほしいとの思いでした。

2. 福田屋百貨店閉店

２０１１年２月に福田屋百貨店が閉店になると、福田屋のオーナーより、無償でもよいので跡地を市役所に活用してもらいたいとの申し入れがありました。栃木市庁舎は築50年を経ており、合併によって人口が２倍近くに増加したことにより、その業務量も２倍に、その業務に携わるマンパワーも２倍に増えていることになります。

すぐにでも新しい庁舎が必要であることは、市民にとって理解できる話でしたが、私は次に挙げた点で反対でした。

・そもそも駐車場が道をはさんだ立体駐車場しかなく、車寄せがなく、雨の日など傘を必要とする。
・車いすの利用者にとっては、道路を横切って東側にあるエレベーターまでの距離が長い。
・視覚障碍者用の点字誘導ブロックが中途半端に設置されている。
・福田屋百貨店の建物はすでに築20年以上が経っており、しかも商業施設なので、窓がほとんどない。

・前項に鑑み、職員700名以上が集積する行政施設としては、地震や災害に見舞われると脆弱すぎ、行政のストップを招きかねない。

・職員の労働環境が劣悪。息苦しいくらい狭い。

・光熱費、空調費等が膨大になる。

・立体駐車場から本庁に渡す連絡通路にかなりの勾配があり、車いす利用者や、高齢者にとって危険。

私と市民団体は反対の論陣を張りましたが、力及ばず、市役所の業務は福田屋百貨店の店舗ビルを使って執り行われることになりました。私たちの懸念どおり、2014年2月10日、旧庁舎からの移転を終え、開庁して早々に私のところに、立体駐車場から本庁に渡る連絡通路が車いす利用者には危険だとの電話が入りました。知己の部長さんに連絡したところ、すぐに通行止めになりました。

私たちは、福田屋百貨店の店舗ビルはハートビル法（※注）の基準を満たしていないため、障碍者や高齢者に優しくない庁舎になると反対をしていたのです。

※注　デパート、劇場、ホテルどの不特定多数が利用する建築物における、段差のない出入口、自動ドア、幅の広い廊下、ゆったりとした勾配の階段、手すり、誰でも使えるトイレ、駐車場、

スロープなどの増改築の促進を目的とした法律

鈴木市長は、建物と一部の土地代金を含め、市役所として活用するならば無償で提供を受ける交渉を進めているとの話でした。人口が2倍になったのだから、一日も早く新市役所を作りたいのはやまやまです。まして対等合併ということになると、その本庁舎をどこに設置するかでご破算になってしまうこともあるのが市町村合併でもあります。

市長の話によると、改築費用が22億円ぐらいでできそうだ、新築となると土地代金を別として60億円ほどもかかってしまうので、福田屋さんを市役所にしたいとする審議会を経て、市庁舎一階に市民のための食品売り場を併設させて市民スペースを設け、住民手続きなどは市民スペースを活用する方向で取るとの試案が出ましたが、それに基づいて本格的に見積りを取ったところ、積算すると、当初の21億円が52億円になってしまっているではありませんか。

一階の市民スペースと食品売り場は、地元栃木のスーパー「ヤオハン」、宇都宮のスーパー「たいらや」、それに宇都宮の「東武百貨店」から引き合いがあり、ヤオハンとたいらやは店内改装費は栃木市に求めないと言っているのに、東武百貨店は改装費10億円を栃木市に要望し、しかも面積は3分の2を要望し、市民スペースは丸テーブルの並ぶ休憩室のようになっています。

こんな市民を騙すようなリフォームを市議会議会で採決にかけるというので、私は、これは市民に約束した案とあまりにもかけ離れているのではないかと、反対のチラシを作って広く市民に訴えました。しかし、あろうことか採決の結果、賛成19票、反対14票で、採択されてしまったというのです。おまけに、賛成討論をした議員の文章は、中立であるべき議長が書いたものを朗読したというのです。これはあまりにも市民を愚弄する行為ではありませんか。

それに、市役所の職員の駐車場を近隣に確保するためとして、中心部がますます衰退してしまいました。それまで以上に、何の特徴もない蔵の街になってしまいます。

2015年9月9日から11日にかけて、栃木市を含む関東北部一帯は関東東北大豪雨に見舞われ、巴波川の氾濫によって市役所の一階を含め、栃木市の中心街は浸水してしまいました。

1986年5月15日にオープンしたイオン栃木店は、東北道栃木インター、栃木総合運動場、バイパス（栃木環状線）の近くにあり、築後37年が経っており、建築物の寿命を迎える約20年後には取り壊しかそれとも改築するかを判断する時期になります。栃木市は今からそれを見越して、広大な駐車場と建物のある用地をイオンから買い上げ、市役所、文化会館などの公共施設を作る計画を立てておくべきではないかと思っています。40年前に市役所や文化会館をその地域に集約するべきと主張したことは、今でも正しかったと思っています。

栃木市は、江戸時代から、宿場町、商人の町として、歴史と文化の貴重な財産を有していましたが、明治以降の近代化と融合しながら、郷土の発展モデルを真剣に描き出せる指導者を生み出せなかったせいで、中途半端な特徴のない地方都市になってしまってはいないかと悔やんでいます。

転換する機会は何度もありました。変化を情勢する機運も高まりましたが実現しませんでした。かえすがえすも残念でなりません。

E　勝道上人《しょうどうしょうにん》のマンガを制作

1．消石灰

宮崎県で発生した口蹄疫は、29万７８０８頭の家畜の尊い命を奪い、また畜産業のみならず地域経済や県民生活に大きな影響を及ぼしました。当時の宮崎県知事は東国原英夫氏です。私は、テレビのニュースで、牛舎やその周辺の消毒のため石灰を散布をしている場面を見て、なんで石灰なのかと素朴な疑問を持ちました。

石灰は、子どもの頃から、学校のライン引きなどに使っていました。インターネットで調べてみたら、消石灰の特徴はpH値が12以上の「高アルカリ性」である点だそうです。目などに入るととても危険ですが、ウイルスや細菌に対する消毒効果が期待できるため、鶏や豚などの家畜を飼う農家では土壌の消毒に消石灰を利用しています。


栃木県の南西部にある佐野市葛生地区には、日本でも有数の石灰鉱山があり、隣接している栃木市鍋山地区にも石灰工場があります。その石灰工場が忙しくなっているという話は聞いていましたが、宮崎県での口蹄疫の蔓延防止に大量に散布されていたせいだとわかりました。

2. 勝道上人のマンガ

その鍋山地区から遠くない場所に天平神護元年（765年）の日光開山の祖といわれている勝道上人が開山した出流山《いづるさん》満願寺があります。門前には、出流《いづる》そばで有名なそば屋さんが数件あります。

山門をくぐって、本堂に向かう石段の両脇には、勝負ごとなどで縁起をかつぐ有名人やお茶屋さんが奉納した石灯ろうなどが多く並んでいます。私は受験のとき、インフルエンザウイルスに勝利して、希望が満願できるよう消石灰の入った満願寺のお守りを作ったら喜ばれるのではないかと考えました。それで日光のフダラク山（男体山）山頂に3度目の挑戦で到達した勝道上人のマンガを作りたくなり、友人のデザイナーの小古山峰雄さんにお願いして『太平の華・勝道上人物語』と題したマンガ本を３００冊作りました。そのことが、朝日新聞に載って、二荒山神社中宮祠からマンガを送ってほしいとの電話を頂戴し、送ったところ、二荒山神社が載っていないと言われました。勝道上人が初登頂したことを描いたので、神社はありません。そして、今年はちょうど開山してから１２３０年になるとのことで、１２３０冊を奉納させていただきました。また、真岡市と栃木市の教育委員会からも連絡があり、それぞれ３００冊を送りました。

二荒山神社中宮祠では、このマンガ本のオビに、勝道上人と私のことを書いて、日光のホテルや旅館の各部屋に置くことにしたそうです。

反響があり、ホテルの部屋で読んだ広島や東京の人から、送ってほしいとの依頼がありました。

２０１２年（平成24年）8月5日は真夏日でした。栃木市都賀町を中心に活躍している勝道上人太鼓の会のみなさんに男体山の上り口で奉納演奏をしていただきました。

F　皆川城を守る市民の会の結成

1．日向野文化財保護委員長さんのなげき

１９７６年（昭和51年）、木村豊太郎さんが市長選挙に負けて、後日市長選の再挑戦を目指し、「清新会」という勉強会を7人で結成しました。私がその事務局を受け持つことになり、有識者や政治家をお招きして、地方自治について話を伺う催しを執り行いました。私は、会場の選定や会員連絡を受け持ちましたが、みなさんは私より十歳は年上の方々でした。

１９８０年（昭和55年）５月の定例会に郷土史家で高校の先生の日向野徳久先生をお招きして、栃木市の歴史の話を伺いました。そのお話の中に「１３９４年、皆川氏6代目皆川宗常が、下野皆川庄（現・栃木市皆川城内町）に皆川城（法螺貝城）を築く。１５９０年豊臣秀吉の上杉家と真田家により落城したが、広照は家康に降伏し、翌年１５９１年に皆川城を廃城し、栃木市に栃木城を作った。栃木市の基礎を作った皆川広照の山城。皆川城（ほら貝城）の旧跡が隣接の皆川中学校の校庭を広げるために一部を取り崩してしまう」との話がありました。

私は、日向野先生のお話を伺い、反対運動をすべきだと思い、日向野先生に「大口をたたくようですが、反対運動を起こして宜しいですか」と電話をしたところ、意気に感じてくださり、ぜひ頼むと言われて市会議員の阿部道夫さんに相談したところ、タウン誌『うづまっこ』の梶原一豊さんと、毎日新聞の会沢輝夫さんを交えて、日向野先生を会長にして「皆川城を守る市民の会」を作ることになりました。

菩提寺の金剛寺を会場に、東京在住の当主の皆川股三郎さんをお招きして勉強会を開催しました。その都度、会沢さんが、毎日新聞の栃木版に記事として載せてくださり、会員数が１３０名を超える団体になりました。そして、永田英太郎市長と話し合いを持つこと３回目にして、永田市長から、元皆川小学校が他所に皆川城東小学校として移転して廃校になっていた場所に、皆川中学校全体を移転するとの回答がありました。会としては、そこまでの目標を想定していたわけでもなかっただけに、その場にいあわせた役員さんたちは呆気に取られました。

2. 余計なことをしたかな

私は、長い間、地元皆川地区の住民でもないのに、中学校を移転させてしまったことに対して、地元の人々は余計なことをしてくれたものだと思っているのではと気に病んでいました。

ある日、地元選出の日向野義幸県議から「石川さん、よいことをしてくれました」と言われ、パッと気が晴れたように思いました。

3. 徳川家康と皆川広照の関係

皆川広照は一地方の豪族でしたが、先見性を持ち合わせ早い時期から織田信長と徳川家康とのよしみを保っていました。

そして1590年の豊臣秀吉による小田原北条攻めの際、皆川広照は小田原城の一部を守っておりましたが、ある日、徳川家康のところに家臣を連れて投降しました。秀吉の朝鮮出兵の際には九州の名護屋城にも同行しました。1603年徳川家康の六男松平忠輝の御附家老となりましたが、忠輝は幼いころから粗暴で、日ごろ酒におぼれ、暴虐の振る舞いがあったとされ、所領を没収されてしまいました。後に大阪夏の陣で嫡子・皆川隆庸とともに徳川勢の伊井直孝隊として参戦しています。1623年に赦免されると徳川家光に5000石にて徳川家光に附けられ、常陸・府中城1万石を加増され、大名に復活しました。

1625年、皆川隆庸に家督を譲って隠居し、2年後の1627年に皆川広照は死去されました。

皆川広照は１５９１年に栃木城を築き今日の栃木市の基礎を作った大恩人です。

G　喜多川歌麿の肉筆画『鍾馗図《しょうきず》・三福神の相撲図』

１．ＮＨＫラジオ深夜便

２００７年（平成19年）10月17日と18日の二日間にわたり、ＮＨＫラジオ深夜便の番組に早朝の４時からの「こころの時代」のコーナーに「愛は出会いの連鎖を生む」というテーマで話をすることができました。

全国放送の威力はすごいもので、どこで調べたのか電話が１００本以上あり、中には、名産品などを送ってくれた方々も多数おられました。

その中に、10年以上疎遠になっていた森村太郎さんから、今、真岡市に住んでいるとの電話があり、私にとって若い時代に何かとお世話になっていた人なので、これを機会に元清新会のメンバーの油川忠継さんに森村さんの自宅に数度連れて行ってもらいました。しかしながら、森村さんは間もなく肝臓ガンで亡くなってしまいました。

それから半年後、森村さんの奥さんから、喜多川歌麿の肉筆の『鍾馗図・三福神の相撲図』を美術商に買っていただく約束をしていたが、栃木で16代続いた商家の嫁として、何とか栃木市に残したいと思う気になってきたので、協力をしてほしいとの電話がありました。

かねてより、喜多川歌麿の大作『品川の月・吉原の花・深川の雪』が栃木の豪商の依頼で描かれたといわれておりましたが、確たる文献が見つからず研究の範囲を超えておりませんでした。

２００７年（平成19年）世界に40点しかないといわれている喜多川歌麿の肉筆、『女達磨図』が発見され栃木市美術館の所有になりました。２００９年（平成21年）元下野新聞の栃木市局長をされていた川岸等さんが新聞社を退職して、ＮＰＯ法人アートなまちづくり研究会を作り、歌麿の調査研究をする団体を立ち上げました。

私は、川岸さんと知り合いでしたので、さっそく、森村さんの話をして協力をお願い致しました。そして、川岸さんと真岡の森村さんの自宅を訪問して、奥さんの希望をかなえるべく何度も足を運びました。なにしろ、２３０年前に描かれた作品だけに、歌麿研究の第一人者で、市特別顧問でもある大和文華館館長の浅野秀剛氏の鑑定を受け本物であることを認めていただきました。

最初は、栃木市に寄託することを考えておりましたが、相続など家庭の事情を考慮して、鈴木俊美市長さんとの間で私と価格の打ち合わせを行い、やがて市議会の承認を受け栃木市美術館の所有物となりました。

2. 品川の月　複製画　完成披露式典

歌麿『品川の月』複製画完成記念講演会（２０１２年（平成24年）10月14日）

かつて栃木に滞在したといわれる浮世絵師・喜多川歌麿の肉筆画大作『深川の雪』・『品川の月』・『吉原の花』（『雪月花』）は栃木の豪商、善野伊兵衛（初代釜伊）の依頼で制作され、明治12年（１８７９年）栃木の定願寺に三幅揃って展示されました。現在『月』と『花』はアメリカのフリーア美術館に所蔵され、『雪』は行方がわかっていません。

喜多川歌麿の作品

市では『雪月花』三幅を再び本市に展示したいという思いから、この度フリーア美術館に所蔵されている『月』の高精細複製画を完成させるに至りました。

これを記念して、フリーア美術館の日本美術統括責任者であるジェームス・ユーラック氏と、歌麿研究の第一人者で、市特別顧問でもある大和文華館館長の浅野秀剛氏のほか、TV番組などで幅広く活躍されている山田五郎氏をお招きし、シンポジウムを開催しました。シンポジウムに合わせ10月12日~14日には、歌麿の肉筆画『女達磨図』『鍾馗図』『三福神の相撲図』、歌麿が挿絵を手掛けた狂歌絵本『春の色』を特別に栃木文化会館展示室に展示しました。

この『品川の月』複製画完成披露式典を執り行う場所として文化課は、文化会館小ホールを予定していましたが、たまたま、私の知り合いの茅原福祉副部長さんが大ホールでのイベントを行う予定で予約していたのを知り、市役所の職員でもない私が、会場の交換を決めてしまいました。

『品川の月』の複製画完成披露式典を開催にするにあたり、400名しか入らない小ホールでは、会場に入れない人が多数出てくることになりやしないかと思い当事者の職員の方には申し訳ないと思ったが、1200名入場できる大ホールに変えてしまいました。当日は、800名以上の市民のみなさんが来館してくださり、鈴木俊美市長さんの第一声、

「このようなイベントに800名以上集まったのは驚いた」とのことから挨拶が始まりました。もし、大ホールにまばらだったら、文化課の職員さんの将来に傷をつけまいかと影響を及ぼすことにならないようあらゆる知恵をしぼりました。

3. 大発見　深川の雪

2014年4月16日、阿部道夫さんと、猪熊英雄さんと社員の小林泰之さんとで、昨年箱根に開館した岡田美術館に『深川の雪』を見に行きました。

私は、岡田美術館に行った数人の方から、副館長をされている寺元晴一郎さんにとても親切な接客をしていただいたとの話を伺い、どのようなお方か興味がわき、県会議員の琴寄昌男さんにお願いして岡田美術館に連れて行ってもらいました。とても温厚な方で、大腸ガンの手術を半年前にしたばかりで一命を落とすところでしたとの話から始まりました。そして、寺元晴一郎さんは私の手を引いて『深川の雪』の前に連れて行き他のお客様がいるのにもかかわらず、描かれている内容を細かく説明してくださりました。今ではそのおかげで『深川の雪』が頭に浮かびます。

寺元さんは、東京の倉庫に保管されてあった『深川の雪』が納入されていた箱としばってあった房を見て、直観的にこれは本物だと確信し、オーナーの岡田和生さんに電話したとのことでした。もし、その判断が一週間遅れたら海外に行ってしまうところだったそうです。

喜多川歌麿の肉筆画三点が、栃木市所有になったのをきっかけに、大木《おおき》洋三《ひろみつ》会長・外丸《とまる》健《たけし》事務長を中心に、「栃木市文化のまちづくり協議会」を２０１０年に結成し、活動してきました。昭和24年（１９４９年）以来行方不明となっていた『深川の雪』が２０１２年に国内で発見され、栃木市岡田美術館にて収蔵され２０１４年に公開されました。それまで歌麿の大作『品川の月』『吉原の花』『深川の雪』は栃木で描かれたとの文献がありませんでしたが、肉筆画『女達磨図』『鍾馗図』『三福神の相撲図』が栃木で発見されたことにより大作『雪月花』も栃木で描かれたと専門家から断定を受けることになりました。

私は岡田美術館の副館長寺元晴一郎氏に会いに行き、「歌麿も大事だけれど、栃木には田中一村がいるだろう」と言われ、文化まちづくり協議会とは別に、やはり大木洋三会長・外丸事務長を中心に「田中一村記念会」を２０１８年に結成し、田中一村の幼少時代から20代までのことが大木先生の研究により明確になってきました。

H　１３７年ぶりの再会

1. 雪月花

明治12年（１８７９年）11月23日、定願寺（現在の栃木市旭町地内）において、近隣諸家の所有する書画の展観があり、『品川の月・吉原の花・深川の雪』が展示されて以来１３７年ぶりに、ワシントンのフリーア美術館において２０１７年４月７日から展示会が開催されることになりました。

私は、フリーア美術館のご厚意で、『品川の月』の原本再製複製画を作らせていただき、２０１４年10月14日の完成披露式典に日本美術主任キュレーター、ジェームス・ユーラック博士がパネリストとして来ていただいているので、栃木市からもお礼をかねた代表団を送るべきと考え、２０１６年の12月議会で大武真一議員さんに質問していただいたところ、生涯学習部長さんは、「そのような考えを持っておりません。もしかしたら、旅行者からツアーの案内がくるかもしれませんので、そのときは市民の皆様にお知らせ致します」とそっけない答弁でした。

その答弁を聞いて、私は、翌年の1月5日、茅原総合政策部長さんを会社に招き、もし、栃木から誰も行かないとしたら私が市長の親書を持っていきたいとの考えを伝えました。それから間もなく栃木市のホームページにワイルドナビという東京の旅行者からのオフシャルツアーの案内が載りました。

私は、さっそく行ってくれそうな人にお知らせして申し込んでもらいました。旅行会社の担当者と何度かメールでやりとりをしていたら、栃木から14名の申し込みがあることがわかり、できれば参加者名簿を教えていただけないかとお願いしましたが、それは、個人情報に関わることでできませんとのことでした。

会社として個人情報を守るのは当然なことですが、成田に着いて初めて参加者全員と顔を合わせるようなことになると、その後、ツアーに支障をきたすことになるので、これも旅行を楽しく円満に過ごすために何とか参加者の名簿を教えてほしいと再度お願いしました。旅行会社の担当者にやっと理解していただき名簿が送られてきました。驚いたことに栃木市から赤羽根副市長と河津総務部長さんの名前が出てきました。その他12名は私の知っている方でしたが、それまではまったくわかりませんでした。

大川秀子現市長が音頭をとって市内の中華料理店に全員が集まり、顔合わせをすることができました。そして、副市長から鈴木俊美市長の親書を預かりフリーア美術館に持っていくことになり、それまでは、栃木から成田まで、マイクロバスを予約して行こうということになっておりましたが、「市役所の中型バス」で全員を乗せていただくことになりました。

ワシントンに到着した日は、トランプ大統領の別荘で習近平国家主席との会談が行われており、トランプ大統領から習近平国家主席がアイスを食べているときに、「シリアにミサイルを撃ち込んだ」と何気なく告げられ、習近平国家主席は凍り付いたとのことでした。

目の見えない私は、それらをビデオカメラに収めて帰国後ユーチューブにアップしました。それにしても、同行者のみなさんと家内が同行してくれなかったらどのようになっていたことやら。よくも、「誰も行かなければ市長の親書を持っていく」などと大それたことを言ったものです。

I　田中一村記念会の結成

つい数年前に栃木市の文化人による孤高の画家、田中一村を検証する田中一村会が活動しておりましたが、理由はわかりませんがその会は解散してしまいました。

私は、岡田美術館の寺元晴一郎副館長さんから、栃木市には田中一村がいるだろうという話を伺い、田中一村の墓所がある万福寺の長澤住職さんとは、ぼだいじゅ幼稚園に私の子どもたちがお世話になっており、私自身が父母会の会長をしていたことから面識がありました。私にとって喜多川歌麿や田中一村といっても描かれた作品は一度も観たことがありませんでした。でも、栃木市の街づくりの観点から文化の街づくり協議会を結成したときと同じ動機で大木洋三会長と栃木市議会事務局長の職歴をお持ちの外丸健さんと市会議員の大武真一さんにお話をして、２０１７年（平成29年）９月11日田中一村の没後40年を記念して、奄美大島の田中一村記念美術館の宮崎緑さんを招いての記念講演会を企画しま

田中一村記念会会長大木洋三氏と栃木市市長大川秀子氏

した。

宮崎緑さんといったらＮＨＫのキャスターを長年務めておられ、２０１６年9月23日、上皇明仁が意向を示した「生前退位」への対応に関し、同日付で「天皇の公務の負担軽減等に関する有識者会議」が設置され、その有識者会議のメンバーに選ばれた大変多忙なお方です。果たして受け入れていただけるか自信がなかったものの、9月11日市役所の大会議室では奄美の島々の方言について、聴衆をみごとに宮崎緑の世界に引き込んだお話をしてくださりました。

講演会終了後、グランドホテルのレストランでお茶を飲むことになり、宮崎緑さんが私の前面に着席され、右隣には岡田美術館館長小林忠さんが着席してしまいました。そのとき私はビデオカメラを持っていましたので、全盲だけど映像を撮ってユーチューブにアップしているのですが、とても言葉に困りました。

田中一村記念会設立総会

（１）平成30年3月18日（日）

（２）満福寺（旭町）

（3）第一部総会
　午前11時開会
（4）第二部
　午後1時30分　ＤＶＤ上映『黒潮の画譜・異端の画家田中一村』
　午後2時30分　田辺周一氏（写真家）「田中一村と私」
4　田中一村生誕110年記念講演会
（1）令和元年8月25日（日）午後2時開会
（2）栃木市文化会館小ホール
（3）講師　大矢鞆音氏（元ＮＨＫ出版美術部長）「田中一村の世界」
2019年（平成31年）　4月27日　保険福祉センター　田中一村記念会総会
現在、大木洋三先生が田中一村の生まれた場所や東京時代など多数の研究成果をまとめております。

第２章　闇の世界に

Ａ　子どもから成人に

１．自意識の始まり

１９５３年４月、私は５歳になっていました。

前年に、自宅から歩いて10分のところにある天台宗の定願寺境内にあさひ幼稚園が開園していました。私は年少組から通うことになりました。

毎日、祖母の石川ナカに連れられて家を出ていきますが、定願寺の門の大きな扉の前まで行くと、大泣きして地団太を踏んで入ろうとしません。仕方なく自宅に戻ってくるという日が何日か続き、とうとうその年は幼稚園に行くことができませんでした。何が原因でそうさせたのか、ずっと思い出そうとしたがわかりません。単なる内弁慶だったのか、それともいじめにでもあったのか……。

おそらくは幼い頃の私は相当な内弁慶で、家族の前ではかなりやんちゃであったにもかかわらず、一歩外に出ると物怖じして、からきしおとなしかったのかもしれないと思っています。このあたりが私の人生の記憶の始まりでもありますが、私を誰よりも可愛がってくれた祖母、ナカの姿はなぜか覚えていないのです。

2. 家業

その頃の家業は、夜中に小豆を煮て皮を取り除き、プレスで水分を絞り上げて生こしあんを作り、もめん袋に詰めて、それを自転車で栃木市内はじめ近隣の和菓子屋、饅頭屋、パン屋といった得意先に配達していました。それに砂糖を加えて甘いあんこにして饅頭やあんパンを作り、販売するのです。

そんな時代に、父はダイハツミゼットという自動三輪自動車を購入しました。棒ハンドルで、足で強くペタルをキックしてエンジンをかけて走る、オートバイと軽トラの中間のような乗り物です。バイク以上の荷物を運べるが、トラックほどは多く運べない、拡大し始めていた父の事業にとってはちょうどよいサイズです。高度経済成長の波に乗る日本中の製造業が、前へ前へ先へ先へと駆け出していった時代に、ミゼットはどうしても必要な乗り物でした。

私はその三輪自動車の後部にぶら下がるようにして、一緒に走るのが好きでした。

翌年の4月からは、進んでひとりで幼稚園に通うようになりました。

余談ですが、1988年2月、中国北京市の街を歩いていたら、ダイハツのミゼットが昔のままの姿で現役で走っているのを見ました。頭の中に懐かしさが蘇り、どうしても一台買って帰りたいと思いました。6歳の頃を思い出しました。

B　団塊の世代

1. 栃木県立栃木商業高校時代

子どもの頃から、高校を出て2~3年は他所の飯を食べて、それから家業に入ればよいと思っていたので、私は高校の受験勉強はほとんどしませんでした。しかも、栃木商業高校の石渡先生と父が同級生で、模擬試験の順番や、入学試験の順番などを前もって教えてもらっていた関係でした。

石渡先生は、19歳の頃人間魚雷に乗って出撃したが、故障してしまい基地に戻ったところ終戦となり命びろいしたという戦中派でした。戦争のことも何度か話してくださいましたが、40歳の頃に病を得て亡くなりました。

1963年11月23日は、日本とアメリカを繋ぐテレビの衛星中継が放送史上初めて行われる日でした。地球の反対側と日本とが、衛星生放送で同時中継されるのです。

この歴史的出来事を今か今かと待ちわびていた私たちでしたが、届いた映像は、まさにその時刻に起きた、ケネディ大統領暗殺の報だったのです。

ケネディ大統領がテキサス州ダラスでオープンカーに乗りパレードをしていた際に、ライフル銃によって頭部を撃ち抜かれる映像でした。自由諸国のリーダーの自国での暗殺という世紀の大事件に、日本の高校一年生の私はただただショックで、言葉もありませんでした。一緒にテレビを観ていた家族も、射すくめられたように無言でした。


1964年、高校2年生の秋は、東京オリンピックが10月10日から開催されました。開会式から学校の授業は早帰りで、2週間にわたる熱戦はすべてテレビ中継されます。皇太子のご成婚で1000万台を売り切ったテレビは、東京オリンピックで今度はカラー化に舵を切りますが、わが家にカラーテレビが来るのはもう少し先のことです。

その白黒テレビで、私も東京オリンピックの熱戦の多くを観戦しました。「東洋の魔女」といわれた女子バレーの、とりわけ66・8%というお化け視聴率（ビデオリサーチ調べ、関東地区。85％の説もあり）を叩き出したソ連との優勝決定戦はスポーツ放送史に残る熱戦として知られています。

東京オリンピックが終わった２週間後は、もう京都・奈良方面への修学旅行です。

このときの思い出は、スキヤキを初めて食べたこと、清水寺、金閣寺、銀閣寺など、本当に素晴らしい歴史の重さを感じられたことです。奈良の小さな猿沢池のほとりに並ぶお土産屋さんでは、夜の店先に日本刀の真剣が刃むきだしで、何ともいえないにぶい光を放っていました。お土産は、鹿の角で作ったブローチや、ガラスケースに入った置き物を自宅に送ったら、届いたときはガラスが粉々になっていたことが忘れられません。

また、観光バスでは私は運転席のすぐ後ろの席でしたが、できたばかりの阪神高速道路を走っていたら、やたらまっすぐな道路が続き、インターを降りたとき、前を走っていたワゴン車にバスが追突してしまい、そのワゴン車が20メートルほどもふっ飛んでいってしまったのは、恐ろしかったというか、相手の運転手も気の毒というか、忘れられない思い出です。

2．写真コンクール

高校のクラブ活動では、3学期に3年生が部活から引退すると2年生に引き継ぐことになります。栃木商業の写真部には2年生以下の部員がひとりもおらず、廃部になるかもしれないとの噂でした。部員ゼロでは、活動は成り立ちません。次年度に新入生を獲得して復活させるか、年度途中でも誰かが引き継ぐか。

私は、クラブ活動では吹奏楽部でフルートを担当していました。音符が読めるわけでもなく、指もちゃんと動かず、とてもまともに曲を演奏することはできませんでした。フルートは音が小さく、適当に吹いていても聞いている人にはわからないだろうと、吹いているフリをしていました。似た楽器で1オクターブ高音のピッコロはよく響くので、そちらはうまい人が演奏していました。

夏の高校野球大会で、作新学園と対戦することになり、相手校の応援団の吹奏楽部を見たら、さすがに後年、江川卓投手を擁して高校球界を席巻する甲子園の名門だけあって、こちらの3倍の演奏者がおり、曲の演奏もレベルが高く、とても恥ずかしい思いをしました。

そんなところに写真部の話を聞いて、同じクラスに写真店の息子の高岩基君がいることを知って、力を貸してほしいとお願いし、その他4名の仲間に部員になってもらい、私自ら部長になり、来年度の部費を計上して写真部の廃止を防いだのです。

次に実施したのは写真コンテストです。全校生徒に自慢の写真を提出してもらい、それに番号を振って廊下に展示します。投票用紙を生徒全員に配り、これはと思った写真の番号と名前を書いてもらい、投票してもらいます。しかも、ノートやボールペンなどが当たる抽選会まで実施したのですから、投票しない生徒はいません。これは見事に当たり、入部希望者が50人も集まりました。

予算を支出して「栃商写真部」という腕章を作り、あらゆる学校行事を記録に収める活動も始めました。卒業記念誌「友垣」にも数多くの写真を掲載してもらいました。

ある日、突然に自衛隊のヘリコプターが校庭に飛来しました。何の目的かはわかりませんが、先生方を乗せて上空を一回りし、また去っていきました。私は、高岩君から借りた２００ミリの望遠レンズでシャッターを切りました。できあがった写真には、ヘリコプターに先生方が乗っている姿がはっきりと写っています。それを差し上げたら、とても喜ばれました。

C　20歳――青春時代

1．他人の飯を食べる

1966年3月17日、高校を卒業しました。前々年10月1日、東京オリンピックに合わせて開通した東海道新幹線で東京から新大阪までの4時間10分をかけて、住み込み先の大阪市浪速区にある㈱浪速製餡（加瀬沢万平社長）に入社しました。従業員8名、賄いの女性が二人います。建物は3階建てで、1階は倉庫と生あんの製造所、2階は砂糖を加えてねりあんにする作業所になっており、3階が住み込みの従業員の部屋になっていました。加えて、事務所と社長一家の住まいがある細長い工場は、同種の事業を営む私の父の工場の2倍の大きさがあります。

あんこのほかに夏はみつ豆を、冬は大正金時豆を煮上げて小袋に詰め、市場に卸していた関係で、朝は3時起床です。日曜休業なので、日曜になるとまだその頃は大阪市内を走っていた市電で、難波や道頓堀、千日前などの繁華街によく出かけました。

朝が早いのに慣れるまで時間がかかりましたが、社長さんはじめ、従業員のみなさんにはよくしてもらいました。朝は、ご飯と味噌汁、それにつぶした味噌、かつお節とおしんこと質素ですが2、３杯も美味しく食べました。日曜日は賄いの女性が休みなので、インスタントラーメンに卵を入れて食べるのがご馳走でした。

小豆は麻袋に入って１００キロの重量がありますが、肩にかついではしごで積み上げることができるようになりました。

2．日本シリーズ

会社の３階、私たち住み込み従業員の居室から難波球場のナイター照明がよく見えていました。

１９６６年10月12日には、日本シリーズの読売ジャイアンツ（川上哲治監督）対南海ホークス（鶴岡一人監督）戦が難波球場であり、入場券が手に入ったので１塁側のスタンドで観戦することができました。

３塁側でピッチング練習をしていた堀内恒夫投手の姿が目に飛び込んできました。胴回りが逞しく、太ももの太いことに驚きました。続いて、金田正一４００勝投手もいます。堀内投手より二回りも背が高いことにさらに驚きました。スポーツ選手は走り込みが基本と聞いていましたが、まさにその努力の賜物なのだろうと思いました。ところが、肝心なスター選手の長嶋茂雄と王貞治を見ることができなかったのです。私の視力がすでに悪くなっていたせいかもしれません。
1998年の長野オリンピックでスピードスケート日本代表の清水宏保を見たとき、身長は低いものの、下半身がまさに堀内、金田両選手と同じだと思ったものです。

奈良のドリームランドにも遊びに行きました。奈良は修学旅行以来です。7000円を奮発して遊覧ヘリコプターに乗って下を見ると、社会科の教科書で見た前方後円墳のはっきりした姿をいくつも見ることができました。飛行時間は僅か5分ぐらいでしたが、上空から景色を見たのは初めてです。とても素晴らしい経験をしました。

3. 家業に戻る

予定していた大阪での2年の「年季奉公」が終わりました。行きは新幹線でしたが、今度は大阪飛行場からボーイング202機で、雲の上に富士山がくっきりとそそり立っているのを見ながら空の旅です。栃木に空港はありませんから、羽田飛行場から上野を経て電車で戻ります。

当時の私の家は、両親、兄弟姉妹4人、住み込み従業員3名、製造配達の従業員5人の総勢14名の所帯でした。

あんこを製造する設備はボイラーになり、できた生あんを保存するための冷蔵庫が設置されたので、始業時間が繰り下がって午前6時になっていました。私は、ニッサンの1トントラックに生あんや砂糖、水飴、イースト菌などの和菓子やパンの材料などを乗せて、近隣のお客様に配達をしていました。年末年始やお彼岸、お盆は、まだおはぎなどを自宅で作る家庭が多かったので、その頃はちょっと忙しかったですが、午後はのんびりしたものでした。

休みの日は、春は花見、夏は花火大会、秋は紅葉見物、冬はスキーと毎週のように出かけていました。まだ東北自動車道ができていない時代なので、秋の紅葉見物は、夜10時に家を出て、国道4号線を福島市まで下り、そこから磐梯吾妻スカイラインの強烈な硫黄臭の火山性ガスを嗅ぎながら走り、それから五色沼を見て、会津若松市から国道121号（会津西街道）を経て南会津町田島を抜けて、紅葉がもっとも美しい日光、鬼怒川、今市の杉並木の間を通り、鹿沼市から栃木市に戻ってくるコースを10年ほどは続けました。

冬は、高校時代から栃木市スキークラブで宿としていた、新潟・苗場スキー場にある三国屋に3泊4日で正月2日から毎年出かけました。

いつものように小山駅発の石打丸山スキー場行きの臨時スキー列車に乗っていくと、午前6時頃、赤城山全体が朝日を浴びて真っ赤に染まった悠々しい姿を見せていました。スキーは楽しいことに違いありませんが、非日常を味わう経験もレジャーの醍醐味でした。

D　難病——網膜色素変性症

1. 初めて聞く病名

それまで、目が悪いと思ったことはありませんでした。

文字の読み書きや新聞や本など普通に読んでいたつもりでしたが、よく蹴躓いたり、映画館でもなかなか席を見つけることができなかったことがありました。野球をしていて、外野に飛んできたボールを受けることができなかったことはありましたが、目が悪いという自覚は持たず、自分は運動神経が鈍いのか、くらいにしか思いませんでした。視力は裸眼で1・2はあったのです。

それでも何となく気になり始め、県内で一番の眼科と言われていた、宇都宮の原眼科で眼底や視野などを細かく検査してもらいました。その結果、医師から聞いた診断名は「網膜色素変性症」でした。

初めて聞く病名なので、自宅に帰って家庭医学百科を調べてみると、この病気は、原因も治療法もなく、進行性なのでやがて失明に至ると書かれていました。これは大変な病気にかかっていると思い、私のこの病気は両目なのかどうか、医師に電話で確認したところ、両目だというのです。自分としては何の具体的な不自由も感じていないだけに、ショックでした。その夜は、早々とふとんを敷いて寝てしまいました。

治療法がないともいっても、医学の世界は日進月歩です。何かあるだろうと思い、ビタミンＡが進行を遅らせる可能性があるとのことだったので、ビタミンＡを含有しているアダプチノールという大粒の赤い薬をもらうため毎月、宇都宮まで電車で通いました。

１９７２年４月、下野市薬師寺に県内で初めての大学病院、自治医科大学附属病院が開設されました。この病院の設立目的は、僻地医療を守るお医者さんを育てることです。各都道府県から２名が入学し給料をもらいながら勉強し、卒業後９年間は僻地医療に従事することが義務付けられています。

２０１９年の新型コロナウイルス感染症の流行に伴い、新型コロナウイルス感染症対策本部の下に新設された新型コロナウイルス感染症対策専門家会議分科会会長として、総理大臣との記者会見に同席した尾身茂先生は自治医大の第一期卒業生です。

大学医学部や附属病院を持たない栃木県で、栃木市に隣接する壬生町に獨協医科大学病院ができることになったときには、県医師会はそれに反対して、保険医療制度から抜けるという強硬措置に出ました。保険が効かないので病院の窓口で治療費と薬代金を全額払い、後から自分で書類を送って返金してもらうという、利用者無視の措置です。

私は、自治医大の島田教授に診てもらうことにして、毎月通院し、目薬で瞳孔を広げて眼底を診てもらっていました。この病気にも個人差があり、何年後にどうなるかはわからないのです。そして、劣性遺伝とされているので、必ず子どもに遺伝するのかどうかもわからないと言われました。診察では瞳孔を人工的に広げるので、診察後も2時間ぐらいは、まぶしくて動くことができませんでした。

2. 日常生活に影響が出始める

診断がおりてからも、新聞を読むぐらいは不自由のない視力が維持できていましたが、免許の更新に行くと、視力が低下していて不合格になってしまいました。このため、私の担当していた配達業務は続けることができなくなりました。

新しい仕事は、工場であんこの製造をすることになり、大平町の従兄弟がさつきの苗を育てていた畑を借りて18坪の工場を建設し、そこで砂糖を加えた味つきのあんこと、大納言小豆などの豆を砂糖蜜漬けした「かのこ豆」の新製品の開発をすることになりました。

工場までは車で送り迎えをしてもらい、お昼は母親が作った食事をわざわざ持ってきてもらう「特別待遇」が始まりました。

３．ドラ息子

20代の10年間は、仕事はそれほど忙しくなく、毎週日曜日は仲間と遊びに出かけたり、選挙活動に参加して夜中にラーメンを食べたりと、不摂生を重ねていました。急に背中が痛み出し、あまりの痛みにがまんできず、右半身を下にして痛みに耐え、その都度、救急車のお世話になっていました。病院に着き、痛み止めのモルヒネを注射してもらうと、あぶら汗を流すほどの痛みがすーっと消えていきました。

内科でレントゲンを撮ってもらうと、胆嚢炎であることがわかりました。先生に手術してほしいとお願いして、入院して炎症が収まったのちに、全身麻酔をかけ、手術をしてもらいました。

胆嚢に砂のような小粒の石が多数あり、へその右側に穴を開け、胆管に管を通して胆汁を取ります。おなかは、へそから20センチぐらい切開した後に縫合されています。そして、毎日化膿止めの注射を打ってもらいますが、そのあとの痛さは思わず涙が出るほどでした。病室は一人部屋です。母が作ってくれたポテトサラダがとても美味しく、また、清新会の中新井さんが差し入れてくれた、しゃべる犬が主人公の小説があまりにも面白く、笑うと傷口が痛んで仕方がありませんでした。この痛みで、仲代達矢主演の『切腹』（松竹／小林正樹監督／1962年）をテレビで観たことを思い出しました。この映画では、真剣ではなく竹光で腹を切るというのですから、考えただけで悶絶します。自分も腹を切ることになったわけですが、竹光で切腹というのは、どのような覚悟かと思いを致したものです。

E　赤い糸

1．箏曲を習う

私は、いろいろなイベントを企画、開催したり、その他にも山田流の井島松ふみ師匠の教室で、女性の中で黒一点の弟子としてお琴教室に通ったこともあります。

26歳のとき、東京のお堀端にある第一生命ビルで演奏会があった折には、山田流の第一人者で近代音楽を箏曲に取り入れた中能島欣一先生が作曲した『インドの踊り』を演奏しました。井島先生が低音の17弦で伴奏をとられ、他の奏者は13弦を弾く、箏曲としてはとてもリズムカルでポップな曲でした。

女性との出会いはたくさんありましたが、その出会いをご縁に発展させることができず、私の結婚などまだまだ数年先、30歳までにはと思っていた頃のことです。

2. お見合いで結婚

その頃はまだ、身上書と写真を持って相手を探してくれる仲人さんがいて、男女の仲を取り持つのが一般的でした。

私の視力については、個人差はあるものの今よりは不自由になるかもしれないという話を折り込んで、それでも見合いをしてもよいという人がいたらお願いしますと頼んでいました。

１９７７年3月24日、２歳年下の女性がお見合いの相手として決まり、栃木市内のホテル鯉保でお見合い結婚することになりました。私は、自分にハンディがあることで積極的になれませんでしたが、相手の方からは話を進める方向で連絡がありました。翌週には電車で佐野市の城址公園に行き、お茶を飲みながらお話をしました。

その日、栃木駅で別れて自宅に帰るとき、相手の女性は「目を大切にしてください」と言ったのです。私はその言葉を聞いて、これは断られたと思いました。ハンディがある以上、決定権は先方にあると覚悟していました。もちろん自分から電話して、縁談を進めたいなどと言えるはずもないと思っていました。

ところが4月10日、私が実行委員長を務めていた若人の日のイベント会場に、その女性がお祝いの花束を持って駆けつけてくれたのです。これには、驚きました。相手が私の目のことをあまり気にかけていないことに、まずは安心しました。

それからは、彼女の運転で宇都宮に行き、寅さんと高倉健主演の『八甲田山』を観に行ったりして交際を重ねました。次第に相手のことをわかり合い、これは結婚してもよいのではということになったとき、私は相手に約束しました。「信頼を裏切るようなことはしない」「生活は中の上を目指す」の二つです。

交際期間が8か月というのは丁度よいのか短いのか、11月26日には結婚式と披露宴を挙行しました。

当時は、栃木市内には結婚式場は3か所ありました。イベント企画などでいつもお世話になっていた栃木市民会館を選び、会場の予約に行ったら、清水館長さんから、「今度は何をやるんだ」と言われてしまいました。またイベントでも催すと思われたのでしょう。違います、自分の結婚式をあげるんですと言ったら、驚かれました。

会場作りから、料理、ケーキ、引き出物などはすべてを知り合いにお願いしました。持つべきものは友達で、みなさん最高の仕事をしてくれたと思います。みなさんの気持ちの温かさが感じられるような結婚式を挙げられたと思います。一生の思い出です。

礼服から旅行用の服に着替え、親友5人がワゴン車で羽田飛行場に送ってくれて、私たち夫婦はハワイに新婚旅行に出かけました。

ホノルルに着き、マウイ島巡りをした後、ワイキキビーチが一望できるホテルに滞在したり、ジャルパックを利用したのですべて日本語で事足りました。ハワイは常夏ではありますが、温暖で湿度のない爽やかな気候です。楽園らしさを肌で感じ、とても満足しました。

現地で食べたパイナップルがとても美味しかったので、お土産に箱詰めのパイナップルを注文したのはよいのですが、あまりの数の多さに、空港で受け取ってタクシーに乗せるのに苦労しました。東京でホテルニューオータニに一泊し、翌日妹夫婦が車で迎えに来てくれて、何とか帰宅することができました。

この旅行にはまだ普及し始めたばかりのビデオカメラを持って行き、撮影しました。それを数年前にＤＶＤに焼き直し、子どもたちに見せました。感想は、「何しろ二人とも若かった」ということに尽きます。

３．性格がまるで反対

結婚して年月が経つにつれ、互いの性格もわかってきます。家内は私とまったく正反対であることが次第に明らかになりますし、年を取ってくると、性格はおいそれとは変わりません。家内は人と会ったり積極的にお話をしたりするのを好まず、直径1メートルの世界で生きているような人です。一方の私は、あちらこちらに出かけたり、ものごとを企画したり動かしたり回したりしていないと気が済みません。どうして私と結婚してくれたのか、いまだにわかりません。

4．真綿で首をしめられるように

その後も、徐々に目の状態は悪くなっていきました。治療は続けていましたが、治る見込みはなく、良くなる保証もないまま、服薬だけは続けていました。

やがて、新聞を読むことが困難になり、自分の書いた文字が読めないので、文字も太字のサインペンで書くようになりました。テレビも映画も観ることができなくなりました。それでもまだ、人の顔と風景は見えていました。ディズニーランドや尾瀬沼にも出かけたりしました。

全国各地で毎年、日本盲人経営者クラブの総会があります。私はこの総会にはまだ、夜行寝台車に乗って出かけることができていました。とはいえ、25年前に自宅を新築するとき、そして18年前に工場を新設するときは、図面を見ることができなくなっていました。自宅も工場も、実際に完成してみると、私が考えていたことと何か所か違っているように思えてならないのです。見えないことの違和感は、私が責任を負うべきところで負いきれないような、言い知れぬストレスを感じさせるものでもありました。

徐々に見えない不自由さが増していきましたが、まだ、真っ暗な闇が迫っていることは想像だにしませんでした。

人生の中途で失明する網膜色素変性症の患者は、全国で3万人いると推定されています。

確かに、中途で目が不自由な人に同じ病名の人が多いのは知っていましたが、発症する時期はさまざまで、子どもの頃に発症した人もいれば、60歳になってからの人もいます。

私は、自治医大に通院していましたが、東京大学病院、順天堂大学病院、慶応大学病院など、一縷の望みを託してセカンドオピニオンを求めて訪れたりもしました。日本の鍼治療の第一人者といわれていた、早稲田医療学園の芹沢教授（筑波大学名誉教授）のところにも行きました。診察台で待っていると先生がインターンを連れてきて、病名を尋ねます。私が答えると先生はいきなり怒りだすのです。なぜ怒られるのか私にはさっぱりわかりませんでしたが、先生曰く、「治りもしない病気の治療によく来たものだ。私の治療を受けたが治らなかったと世間に言われるではないか」。評価に傷が付くのが先生にとっては不名誉なことと感じられているようでした。芹沢教授の弟子で京都の明治鍼灸大学（現・明治国際医療大学）の松本先生からの紹介状を見て、来たければ来ればよいとおっしゃいましたが、治りもしない病気と言われて診てもらうのも気が引けましたし、先生の評判を落とす気など少しもありませんでしたので、遠慮させていただきました。先生は、ＮＨＫしか取材を受けない、権威をとても気にする先生だと聞いて、私は、名医と呼ばれるようになるためには、初めから治る見込みのない患者を相手にしないものなのかと思ったものでした。

この病気は、同じ網膜色素変性症という病名が付いていても、個人差があり、医師が言う通り、いつなんどきどうなっているかは、誰にも説明できません。

障碍者は同じ障がいを持つ人の気持ちを理解できるとよく言われてますが、それはまったく違います。同じ疾患であっても、生まれたときから目が見えない人、交通事故など何らかの事故で一瞬で失明してしまった人、それに本人の性格や育った環境により、さまざまです。

私が視覚障碍者の団体に入って気付いたことがあります。それは、視覚に障がいを持つみなさんは、いろいろな状況から自分を中心に考えて発信を行います。したがって、そのすべてに合致した制度や支援を実現するのは至難の業だということです。必ず、一部の方は不満を持つことになります。

健康な方が病を得て入院したりすると、病気にかかっている人の気持ちが理解できるようになると言いますが、それもまったく違います。それは、わかったのではなく、「わかったような気になった」だけなのです。

F　闇の世界

1．いらなくなった鏡

私たち視覚に障がいを持つ者と栃木市立西方中学校の1年生のみなさんとの交流授業を行ったとき、生徒さんから「一番ショックを受けたことは何ですか」という質問を受けました。３名の女性の方が、鏡を見たとき自分の姿が見えなくなっていることに気付いたと

鏡

きだと答えました。女性にとっては、毎日のお化粧や身だしなみを整えることは、長年にわたって大切にしてきた事柄でしょう。私などは、身なりをあまり気にする方ではありませんでしたが、自分の顔がどのようになっているか、やはり気になります。それを見ようとして鏡に向かい、見えないということになると、相当な落胆を感じるのです。鏡は健常者にとってもっとも大切なものですが、目の見えない私にとってはもっとも不要なものであり、それでも今の自分の姿は見てみたいものです。

加齢とともに徐々に見えなくなっていくと、その状態に日常生活を合わせるのに時間がかかります。そして、ついに完全に失明する状態が訪れます。私は現在、明るいか暗いかがまったくわかりません。部屋にいても、風呂に入っているときも、電気を点けなくなりました。たとえ見えなくなっても一般の人と同じような生活をすべきで、電気を点けないのはエチケットに反するという主張があるのは知っています。しかし私は、まったく電気は必要ないし、かえって点けっぱなしだと家内におこられます。

2. 2011年3月11日東日本大震災

3・11（東日本大震災）のとき、停電があり、電気が消えました。幸いコンロはプロパンガスだったので、調理はできます。震災で世の中が騒然とし、停電で多少の不自由は感じつつも、いつものように夕食の準備ができ、食卓を囲んで家族で食事をしていたとき、「私はいつも、この真っ暗な中でご飯を食べているんだ」ということを話しましたが、家族の誰からも共感はおろか、何の反応もありませんでした。せめて、「そうなんだね」くらいのことを言ってほしかったのですが。見える者と見えざる者の境遇の違いを思い知った気がしました。

家の中や自分の会社にいても、手探りの目標からはずれると、自分がどこにいるかわからなくなり、家の中で自分の行き先を探し回ることがあります。風呂に入っていて、石鹸をうっかり落としても、どこにいってしまったものやら、石鹸を探すのに、浴室の床を四つん這いになって探し回ります。心細いやら情けないやらですが、それが私にとってのリアルな日常でもあります。

最近になって、洗面器を逆さにして石鹸や髭剃りなどを入れておけば探す手間が省けることがわかりました。毎朝のヨーグルト、納豆、もずくもひとつの容器に入れて、輪ゴムで印を付けて冷蔵庫に置いておくのも同様です。家族の誰かに頼るよりも、できるだけ自分で何事も管理すれば、手探りで探す必要がありません。問題が発生したら、再び同じことが起きないように、自分で管理することです。加齢とともにお医者さんで処方される薬の数も増えてきました。それらを間違えないよう、薬の場所をできるだけ離れた場所に保管することにしたら、間違うことがなくなりました。

そんな私でも、「今日はいいお天気ですね」と挨拶されても、心の中では何かひっかかるものがあり、素直に「そうですね」と言えない自分がいます。環境に馴染むのは、まだまだ時間がかかりそうですね。

電気（電灯）もいらない、車も運転しない。自分ではカーボンニュートラルと省エネルギーに貢献した生活をしているつもりでいます。

それにしても、家の中で自分がどこにいるかわからなくなってしまうとは困ったものです。

3. 自宅を新築する

１９９５年（平成7年）1月17日に発生した阪神淡路大震災では、多くの家屋が倒壊し、その下敷きになって亡くなった人が多数ありました。それまで私は古い自宅の生活に不満はなかったので、自宅を新築することなど考えていませんでした。とはいえ、阪神淡路大震災での、家屋の倒壊による死亡者が多くでたことを考えると、多少とも視力のあるうちにという考えが芽生えてきました。将来的には、車いすのお世話になることも想定しておかなければなりません。それらを今から考えた家を作る気持ちが芽生えたのです。

基本的な考え方としては、3世代同居、家の中はすべて段差をなくしたバリアフリーの構造にしたいということでした。各住宅メーカーの展示場を見て回りましたが、廊下の幅がそれぞれ異なっているのがわかりました。

家を新築する話を知り合いの黒川不動産にしてみたところ、ミサワホームの営業出身の黒川さんは、真面目で有能な一級建築士の三輪さんを紹介してくれました。ここから三輪さんとの家づくりの二人三脚が始まりました。

2階建てにすることになり、ちょうど松下電工から、油圧式のホームエレベーターが販売されたところで、これで車いすに乗って2階に上がれます。従来のエレベーターはワイヤーロープで箱を持ち上げるようになっていましたが、油圧式は使用しないときは下に降りていて、2階でボタンを押すと箱が上がってきて、降りるときは自重で降りる仕組みになっています。

当時は再生可能エネルギーの切り札として、太陽光発電が注目され始めていました。東京都の小池知事などは、新築の住宅に太陽光発電設備の義務化まで言い出していましたが、当時再生可能エネルギー事業のうち、太陽光発電パネルにかなりの補助金が出ていました。私は、昼間に発電して蓄電しておいた電気を夜使うものと思い込み、南側の屋根にパネルを設置しました。しかし、住み始めて気が付いたのですが、日中発電した電気は電線につないで売却する仕組みだというのです。毎月電気料金の請求書が届きますが、その中に売電として３０００円が引かれています。あまりにも無知でした。しかも太陽光発電はエコで再生可能でも、発電パネルは有害物質で、その処分法もまだ定まっていないというのです。

阪神淡路大震災では、重い屋根瓦などが家屋を押し潰すようにして多くが倒壊しました。新しい自宅は田んぼを造成した土地の上に建物を建てるので、土中に5メートルのコンクリートの杭を20本打ち込むミサワホームの特許建築法で、柱がまったくなく、すべて壁が柱の役目を兼ねているといいます。１００年安心と謳っていますが、もちろんまだ１００年経った住宅はありません。設計した三輪さんも本当のところわからないと言っていました。

２０１１年3月の東日本大震災の津波によって、東京電力の福島第一原子力発電所がメルトダウンを起こし、近隣の住民は今なお避難生活を余儀なくされています。私はかねてより、原子力発電が危険だからといって、東京より数百キロも離れた福島県や新潟県などに造らず、安全なのであれば東京のど真ん中にでも造ればよいと思っております。そうすれば高い鉄塔や、太い高圧電線ケーブルもいらないし、原子力発電は危険だからといってすべてをダメにしてしまうのはいかがなものと思っています。

人間は勝手なもので、豊かさを追求していくとエネルギーが必要になります。そこには、経済的合理性が働き、仕事はほどほどで自分の楽しみを追求してしまいます。

リーマンショックのとき、経済評論家は世界で日本が一番影響が少ないだろうと言っていましたが、世界中が不景気になり、日本の輸出産業の花形の自動車業界が影響を受け、株が大暴落して、正社員を減らして派遣社員を増やすシフトが行われ、人員整理して会社の存続を保ちました。私はそんなとき、「せまい日本そんなに急いでどこへ行く」という交通安全の標語を思い出しました。日本には、古くから俳句・短歌・川柳など庶民の文芸や文化があり、紙とエンピツがあれば心豊かな人生を送ることができる。時代に流されてばかりいなくてもよいのではないかと思ったものです。

私は、全盲になったおかげで、昼も夜も灯りがいりません。必要もないのに部屋の電気を点けてしまって消すのを忘れたら、点けっぱなしと叱られます。それに、運転ができないので、自分の車を持つ必要もありません。ゴルフもお酒も飲みにも行きません。旅行もひとりでは行きません。何て安上がりの生活をしているのか、前述しましたがひとりでカーボンニュートラルを実践しているのではないかと思ってしまいます。

今度、みなさんで「暗闇ご飯」を体験してみませんか。スイスやカナダなど、外国にはブラインドレストランがあるそうです。真っ暗な中でする食事は、視覚をなくし、嗅覚と触覚で料理の味がまた違って楽しめるそうですよ。

4. 視覚障碍者とトイレの問題

私にとっての一番の問題は、外出したときのトイレ問題でした。誰もいないところなら、家内が男子トイレまで案内をしてくれて、外で待ち、手洗いをするときにまたトイレに入ってきてもらいます。しかし、東京などの駅では、入口も複雑で人の出入りが多く、私をトイレの定位置まで連れて行くのはなかなか難しい。そんなときは、他の人に、目が見えないのでお願いしますと頼むことがあります。

奥さんが視覚障碍者でご主人が健常者の場合は、かえって、人の少ないトイレの場合などは、女子トイレの個室まで連れて行かなければなりません。利用者が入ってきたら男性がいたのでは、変質者か痴漢に間違えられて、通報されかねず、大きな悩みだということを知りました。確かに私の場合でも、家内が勇気を出してトイレの中まで案内してくれています。

何か知恵がないかと、２００２年（平成14年）、下野新聞の伊藤幸次記者が、一面に大きく取り上げてくれました。それを読んだ知人が大平町の本屋さんに、「多目的トイレ」があると教えてくれました。初めて聞いた言葉なので、実際に行ってみたら、車いすの方など、男女の別なく利用できるトイレであるとのこと。

高速道路のパーキングエリアに車いすのマークが表示された障碍者用トイレがあることは知っていましたが、あくまでも車いすの障碍者が利用するもので、私のような視覚障碍者は使用できないものと思い込んでいました。それから、障碍者用トイレがあれば必ずそれを使用することになりましたが、すべての障碍者用トイレの構造は千差万別で、使用後の水を流すボタンの位置もまちまちです。うっかり非常ボタンを押してしまい、警備員さんが「どうしましたか」と来てしまうこともありました。扉を開けるのにも手動だったりボタンを押したりと、それぞれ勝手が違い、統一規格がないのです。

今では、便器の前まで連れて行ってもらいますが、水を流すボタンがわからなくなってしまったり、出口を見つけるのにも苦労することがあります。点字で表記されているところもありますが、それを手探りで探すのはなかなか困難です。

このことを、ＴＢＳラジオの『永六輔その新世界』宛に手紙に書いて出したところ、永さんから手紙を拝読しましたとの絵ハガキを頂戴しました。半年後に友人から、永さんがラジオでトイレの問題を話し合っていたよと連絡がありました。
さすが永さんはわかってくれたと、嬉しくなりました。

5. 新型コロナと巣籠り

２０２０年中国の武漢にて発生したといわれている新型コロナウイルスが世界中に蔓延し、パンデミックが起こってしまいました。そして、日本でも政府は国民に蔓延防止策として、手洗い！　マスク！　ソーシャルディスタンス！　で予防しましょう、と呼びかけました。それから、外出はできるだけ避け、商店や施設に入るときは、検温して平熱であることを確認し、手指をアルコール消毒することを義務付けられました。私の会社は食品製造業会社ですから、もともと厳重な衛生管理を実施しておりましたが、それに皮膚を通して動脈血酸素飽和度（SpO2）と脈拍数を測定するための装置であるパルスオキシメーターも購入しました。相手はウイルスでありますから、これで万全とも言えませんが、できるだけのことをしようというつもりでおります。

従業員にコロナ患者が一人でも出てしまうと、会社は操業停止に追い込まれます。政府がコロナの影響を受ける国民に一律10万円を給付するという話が検討され出した4月頃、社長としてできる危機管理策のひとつとして、栄養のある物を食べて免疫力アップをしてもらいたいと、従業員19名に、各5万円を私のポケットマネーから支給することにしました。

私は日頃より、会社が円滑に操業するためにもっとも大事なのは、従業員の健康管理であり、インフルエンザやノロウイルスなどの感染防止のために万全の対策をとってきたつもりです。

また、従業員が朝、体調不良で出勤してきたときなどは、大事をとってすぐ帰宅させます。一生懸命働いてくれる大事な従業員を大切にするのは当然ですが、会社が操業ができなくなって製品を納入できないという事態になってお客様に損害を与え、会社の信用をなくすことも恐れます。

私の名刺には「信頼は一日にして成らず、一瞬の油断がすべてを失う。」と印刷しています。全盲の社長として、社会に責任を持って会社を経営するための心がけでもあります。

この度の新型コロナウイルスの流行で、人流を制限し、蔓延を防止するために不要不急の外出を避けることが推奨されました。そして、巣籠りという言葉が人々の口に上るようになりました。考えてみれば、私などは15年前から外の景色がまったく見えなくなりました。中途失明であって、見えていた時代が長くありましたので、それがなくなり、何にも見えないというのは何といってもつまらないものです。家族が買い物に行くと言っても、私だけ車から降りません。目が見えない状態で店内を歩くのは、いろいろと神経を使い、苦痛でもあるのです。

以前、ゴールデンウィークで会社が休みに入ったらどこかに行きますか、と聞かれましたが、どこに行っても何も見えないのではつまらないから行かないと返事をしました。かつては、正月休みには日光東照宮に初詣、GWやお盆休みにも必ずどこかに出かけていたものです。

失明してからは、本を読んだり（朗読された文章を聞きます）、テレビを聴いたり、書斎とトイレと食事に階下に降りるだけの生活をしていました。今でいう巣籠りを、以前から私はひとりで実践していたのです。

6．誰もやらないビデオカメラに挑戦

全盲でも写真を撮ることを趣味にしている人がいることは、新聞や放送に接して知っていましたが、ある時、全盲でビデオカメラで映像を撮影してユーチューブにアップしている人はいないだろうと思い立ち、思い切ってビデオカメラを買いました。

通常のビデオカメラは、カメラの後ろについているファインダーを覗いて撮影します。そのため、三脚を立ててカメラを固定し、誰かに同伴してもらいながら、アドバイスを受

けつつ撮影ボタンを押せばよいと思っていました。

ところが、購入したビデオカメラにはファインダーはなく、左側のモニターを引き出す仕組みです。補助をしてくれる人は後ろに立ってモニターを見てもらい、動画ボタンを押していれば動画が撮影できるようになっていました。

それを編集してユーチューブにアップするのは、デザイン会社を経営する古山峰雄さんがご厚意でやってくれました。世界初、盲目のビデオジャーナリストのユーチューブチャンネルとしてアップしています。〝ジャーナリスト〟としては、時々エッセイを書いては、それを下野新聞の元記者の星雅樹さんに整えてもらって新聞掲載もしています。

ところが7年前、膨大な映像がユーチューブから消えてしまいました。私は、1989年6月に、北京の天安門事件について書いたエッセイが中国政府の逆鱗に触れ、親会社のGoogleに抗議、そして削除されてしまったのだと思い込んでいましたが、私の会社に入社してきた新入社員は私のアップした動画を見たと言うのです。2007年にNHKの『ラジオ深夜便』の心の時代「出会いはアイの連鎖を生む」というタイトルでオンエアされた10月17日、18日の朝4時から全国放送された番組の一部も聞いたとも話してくれました。

改めて調べたところ、デザイン会社がアップ元になっており、私の動画も残っていたのです。危うく国際筆禍事件と誤解するところでしたが、事なきを得ました。

２０１１年３月11日に発生した東日本大震災では、本震から１週間経って北茨城の海岸に打ち上げられ、横倒しになっている漁船などの動画をアップしました。東日本大震災といえば、もちろん福島、宮城、岩手がもっとも大きな被害を受けましたが、ほとんど報道されなかった茨城県内の被害も相当に大きく、私はどうしてもこの状況を伝えたかったのです。

ユーチューブには、東日本大震災の被害を伝える動画が数多くアップされていましたが、北茨城の被害を伝えた映像は、数多くの動画の中でも私の撮影したものだけでした。それが消去されることなく、映像として残っていることを確認でき、私もホッとしました。

7．コロナ予防ポスター

近代日本医学の黎明期を支えた北里柴三郎博士は、今から１００年以上前の１９１３年に結核の予防ポスター『結核退治絵解』を作りました。結核は日本では戦前までは死に至る病と恐れられましたが、戦後になって特効薬が開発されたことで寛解が可能になりました。それでも現在でも国内で年間１万６千人の感染者があり、国際連合が持続可能な開発目標（ＳＤＧｓ）で「２０３０年までの結核流行終息」を掲げるほど、根絶に力を入れている感染症です。戦前の結核、古くはスペイン風邪（インフルエンザ）の流行など、人類は常に感染症と対峙してきました。現在は、新型コロナウイルスの克服を目指しているところです。いずれ人間は新型コロナウイルスを克服できると、私も信じています。

県内の人気観光スポットでもある日光江戸村さんから、真っ赤な大福を厄除けとして販売したいとの依頼が会社にありました。そこで、閃いたことがあります。２００年以上前に、疫病防止のアイコンとして流行した鍾馗《しょうき》。必ず長い髭を蓄え、中国の官人の衣装を着て剣を持ち、大きな目で何かを睨みつけている姿をした、中国の民間伝承に伝わる道教系の神です。日本でも、古くから疱瘡除けや学業成就にご利益があるとされ、端午の節句に絵や人形を奉納したりします。その図像は魔よけの効験があるとされ、旗、屏風、掛け軸として飾ったり、屋根の上に像を載せたりするならわしがありました。

そこで、真っ赤な地に緑を浮き立たせた背景に、２４０年前に栃木で描いたとされる喜多川歌麿の鍾馗図を配置した新型コロナウイルスの予防ポスターを作り、県庁をはじめ、県内各自治体に寄贈したら、福田富一知事からお礼の電話がありました。

それでも一向に収まらないので、翌年には喜多川歌麿の肉筆画『女達磨図』『鐘馗図』『三福神の相撲図』（いずれもとちぎ蔵の街美術館蔵）を活用し、疫病が収まり、春が来て景気がよくなるように願いを込めたポスターを作って配布しました。

例によって私は、肉筆画を見たことがありません。歌麿の肉筆画を私の想像上のデザインでデザイナーさんに伝え、ポスターのコピーも考えて製作してもらいました。私にとってはどんなポスターに仕上がっているのかわからないのです。

でも、2年経った今でもいろいろなところに貼ってあるそうです。ちなみに『喜多川歌麿の肉筆画』『鍾馗図』『三福神の相撲』は私がある方の依頼を受けて購入していただいたものです。

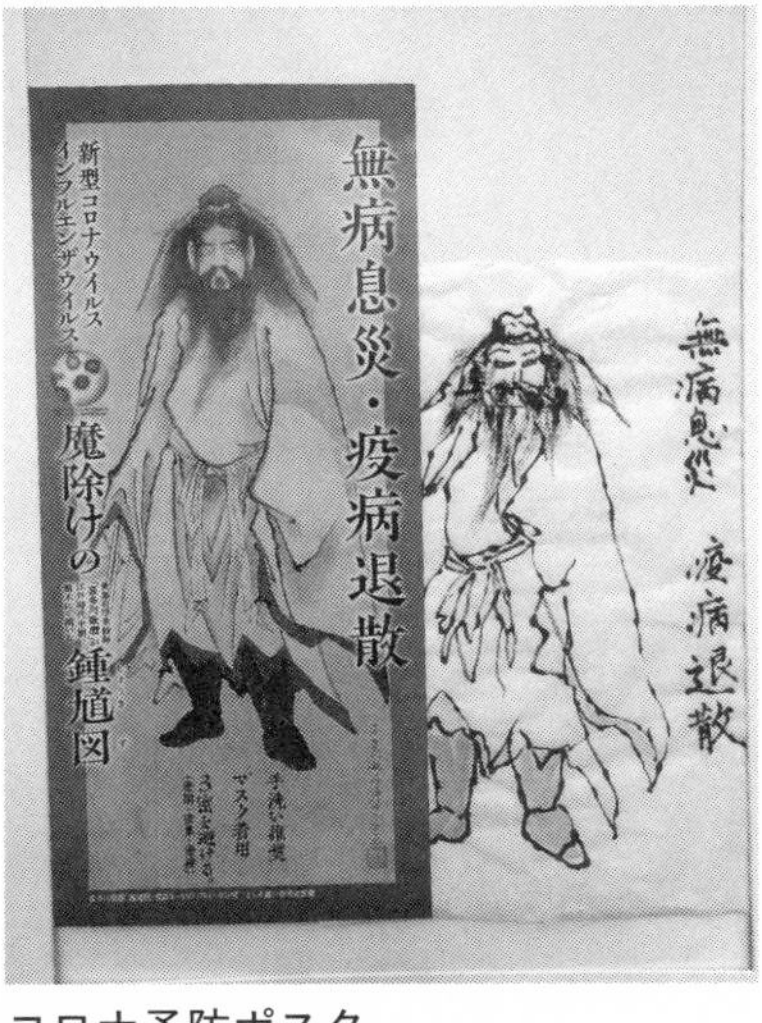

コロナ予防ポスター

G　その他の活動

1. ごみの分別収集問題

２００９年（平成21年）７月、ＮＨＫラジオ第２放送『視覚障害者のみなさんへ』の番組で、ゴミの分別収集の問題を取り上げていました。千葉県我孫子市ではゴミの収集の方式を生ゴミ、燃えないゴミ、瓶・缶の３種類に分別し、それを規定の袋に入れて、ゴミステーションに出すことになるとのことで、袋の色が決まっており、袋には名前を書くことになります。それでなくても全盲の視覚障碍者にとってゴミ出しは神経を使うことです。今でも大変なのに、これからはもっと大変なことになると話をしていました。

私は、その放送を聴いて、栃木市でも10月１日から、ゴミの出し方が変わり、袋に自治会名と名前を書いて出すことになり、もし袋の中に異なるゴミが混じっていたら、それは収集しないことになることを知りました。ひとり暮らしで全盲の人にとっては大変なことになると思いました。

そこで、市会議員の阿部道夫さんを伴って、福祉部の障がい福祉課の亀田幸雄さんと、ゴミ収集の担当の岸課長さんとも話し合い、一度当該の視覚障碍者と話し合いを持ってくれるようにお願いしました。すぐに、保健福祉センターでボランティアさんも交えて話し合いを持ちました。その際、一番問題になったのは、ゴミ袋の色の識別と自治会と自分の名前を書くことでした。何度か話し合ってるうちに行政から出された提案は、視覚障碍者を対象に栃木市マークが印刷された10センチ四方のシールを配布し、そのシールを貼ったゴミ袋は名前を書かなくてもよいことになりました。シールは10月1日までに配布完了するよう手配してくださることになりました。行政として、2か月という短時間に結果を出してくれたことに驚いたのと同時に、理解のある課長さんと出会えたことは大きな要因のひとつだと思っております。一般に、行政は市民側から問題を指摘すると、できない理由を先に挙げてくる人が多く、それを説得するのにかなりのエネルギーを費やします。

このゴミの分別収集と視覚障碍者の問題はＮＨＫ首都圏ネットワークで3度も取り上げてくれました。しかも、これを取材した宇都宮放送局の平記者は、東京のスタジオで詳細な問題の背景や経緯を解説して、突っ込んだ取材を長期にわたって行なったことがうかがえました。

ゴミの分別収集のことを話し合っているうちに、糖尿病から網膜症になり、視覚に障がいを負ったひとり住まいの元学校教員の話が出ました。その方のお宅は、ごみステーションが栃木市内でも交通量のもっとも激しい道路の反対側にあり、道路を横切ってゴミを出しているとのことで、これまで事故に遭っていないのが不思議なほどです。近所の方にお願いすれば持って行ってもらうことはできるでしょうが、何かとお世話になっているので、自分でできることは自分でやりたいとのお話でした。これも亀田さんと岸さんの方で自治会長さんと話し合ってくださり、同様の住民も利用できるごみステーション場を家の玄関先に新設してくださいました。

私は、塩原視力センターにいたときや、行政に改善をお願いするときも、せっかく理解を示して改善をしていただいても、その結果誰も活用していなかったら私は単なるクレーマーになってしまわないかといつも不安を抱えながら交渉しておりました。

クレームと建設的な提案との線引きは難しく、当事者にとっては死活問題であるような不便でも、行政はテコでも動いてくれないことがままあります。一方で、行政のアピールになると踏むと、大規模な改善が一気に進むケースもあり、前者と後者の違いは何であったのかと悩ましいときもあります。

そこで明確にしたのは、私自身の行動規範です。外部や人からの評価を気にして動くのではありません。それを気にして動いてしまうと、それこそクレーマーになってしまいます。当事者の困りごとや、私自身の力量を勘案して、できることからやっていくしかありません。それが私の行動規範です。

シール発行から2年後、入野登志子議員に市議会でこの問題を質問していただきました。今では、視覚障碍者だけでなく、さまざまな障がいで字を書くことが困難な人まで対象を広げて、年間5000枚のシールを活用してもらっているとの答弁がありました。私もまたそれを聞いてホッとしたのでした。

このことから、入野議員の尽力で、ごみステーションまで持っていけない高齢単身者のために、民生委員を通して通常のゴミ収集とは別に、軽トラックで市職員が自宅までゴミ収集に訪問する制度まで導入してもらうことになりました。

H　人間に生まれてきてよかった

1．動物の眼

動物の眼は何のためにあるのでしょうか。

カンブリア紀に生まれてきた動物に、感覚機関として眼が生まれ、それによって食べ物を捕食したり、危害を及ぼす動物から逃げることができるようになり弱肉強食の世界が始まったのだそうです。

肉食動物の多くは狩りをすることで他の動物を食べて生きています。肉食動物にあたるネコの眼は、顔の前に二つ並んでいます。

草食動物の多くは草や木を食べて生きています。ウサギの眼は、顔の横に二つ並んでいます。

ネコのような肉食動物の眼は、顔の前１２０度の範囲の「両眼視野」の部分が特徴です。この両眼視野、つまり両目で見ることができる範囲では、ものを立体的に見ることができます。両眼視野が広いことで、獲物との距離を正確に測ることができるのです。一方で、片目で周囲の様子を見渡せる範囲である「単眼視野」は狭く、頭の後方80度は「ブライン

猫

ド領域」と呼ばれており、まったく何も見ることができません。
ウサギなどの草食動物は170・5度の単眼視野の部分が特徴です。一方で、両眼視野は前に10度、後ろに9度あり、それぞれ餌を捉えるため、肉食動物から逃げるために使ってます。単眼視野と両眼視野を合わせると、ウサギは自分の周囲360度をぐるりと見渡すことができるのです。

このように、肉食動物は、眼が前に二つ並んでいることによってより広い範囲を立体的に、そして正確な距離を測ることができるように進化し、草食動物は、広い視界をもって周囲から忍び寄る肉食動物にいち早く気付き、逃れることができるように進化したのです。

空を飛ぶ動物ではどうなのでしょうか。イヌワシは空高くから地上を移動する小動物を見つけ、素早く捕らえることができます。その秘密は網膜にあります。

網膜には中心窩《ちゅうしんか》という組織があります。視力の感度の高さを左右する視細胞がここにあり、ヒトは中心窩に1㎡当たり約20万個の視細胞を持っているのですが、イヌワシはおおよそ7・5倍の約150万個を持つといわれています。それに加えて、イヌワシは同時に

2つのものをはっきりと見ることができます。ヒトは視線を一点に集中させると、それ以外の周りが見えにくくなってしまいますが、イヌワシは前を見て飛びながら、地上の小動物を探すことができるのです。

また、鳥の眼は多くが顔の横に付いていますが、イヌワシの眼は正面に向かって付いているため、両目で一点を正視することができます。もちろん、そのままでは後ろの様子がわかりませんので、首が180度回るようになっています。

まさに空のハンターというにふさわしく、イヌワシの鋭い両眼で睨まれたら多くの小動物は震え上がることでしょう。

ちなみに、網膜には錐体《すいたい》細胞という色覚を司る器官もありますが、ヒトがもつ錐体細胞は赤、緑、青、それぞれの光に反応する3種類です。ヒトはこれら3つの色を組み合わせることで、すべての色を作り上げているのです。一方で鳥類はこれら3色に加えて、人類が見ることができない紫の光（紫外線）を感じる4番目の錐体細胞を持っています。4種類の色の光を感じることのできる鳥類は、私たちと異なる色彩で世界を見ていると考えられています。

2. 赤ちゃんの目の発達

人間の赤ちゃんがものを見る力を身に付けていく過程も興味深いです。

生後数週間から数か月の間に、赤ちゃんは目を使うことを学びます。子宮の中にいるときから、赤ちゃんは明暗を区別できるのですが、色や形は見えていないのだそうです。生まれたばかりの赤ちゃんは16～24㎝くらいの範囲しか見えず、明暗の境目の線を追うことで形を認識します。

生後1週間経つと、動きに反応し、親の顔をじっと見るようになります。もう少し経てば、顔を近づけたときに微笑むようになります。赤ちゃんが親の顔を認識できるようになった大切な兆候で、親にとってはとても嬉しい瞬間です。

生後10～12週間すると、赤ちゃんは動くものを目で追い、特にはっきりとした幾何学模様のおもちゃやモビールなどを認識し始めます。

新生児が認識できる色は黒、白、グレーだけですが、生後数週間経ってから、初めて赤を認識することができるようになります。それから生後3か月になるまでに、あらゆる色を認識できるようになるそうです。

またこの間に、目でものを見るだけでなく、両方の目を協調させる「両眼視」の能力を急速に発達させます。すると、脳と目が映像を調整し、見たものを記憶することができるようになります。

また、日常生活の中で適度な刺激を受けることで好奇心、集中力の持続、記憶力、神経系統の発達が促されます。

生後４か月になると、奥行きに対する知覚、さらには目と手の協調が発達を始めます。生後４～６か月頃、赤ちゃんはふとしたきっかけから、物に手を伸ばし、それを触るといった行動を始めます。生後６か月になるまでに、１・０レベル、の視力を持つようになる子どもも出てきます。立ったり歩いたりといった全身動作をうまく行う上で、視覚がとても大切な役割を果たすようになる時期です。

生後８か月から１歳の誕生日を迎える頃になると、目、動作、記憶力の繋がりが強くなります。ボールを転がしたり、小さなおもちゃや物を拾いあげたり、積み木やブロック、組み立て式おもちゃを使って遊んだり、食べ物を自分の手で口に運んで食べたりと、手と目を協調させた動作ができるようになります。

こうして考えると、１歳までの時期は、赤ちゃんにとって、とても大切な意味を持っているのですね。

3. 人間でよかった

人間は動物の一種であるので、もし目が見えなかったときには自ら餌を捕食したり被害から逃げることはできず、他の動物に命を奪われてしまいます。幸いなことに、人は両親から生まれ、長い時間をかけて自立までに家族や社会の一員として成長でき、その被害から免れることができるのです。人は視覚、聴覚、味覚、触覚、嗅覚などの感覚が備わっていますが、視覚から入る情報が80%を占めているといわれています。その視覚が徐々にダメージを受けることになり、自ら文字を書いたり読んだり映像を見たりすることができなくなりひとりで歩行するのも困難になってきました。でも、私には他の感覚がまだ残っており、特に聴覚より情報を得ることが研ぎ澄まされ、視覚の数分の一を補充することができるようになり、私は聖徳太子ではないが3人の人の会話が聞き取れます。また、後ろからでもある程度、音により判断ができるようになりました。よく人からは心眼があると言われますが、私はどちらかといえば豊かな感受性が社会で生きていくことを許されていると思っております。

母親から生まれ、父親や家族、そして温かい社会の人々のおかげで生きてこられたのだと思います。

幸いに私は、不便なことばかりですが、不幸だと思ったことはありませんでした。数えきれないほどの社会の温かさの中で生きてこられました。「ありがたいことです」。残り僅かな人生を少しでも社会にお返しをして終わりたいと心から願っております。人間に生まれてきて本当によかった。感謝あるのみです。

農業、産業、情報の革命の次に、第4の革命「スマートフォン・AI」の革命が始まって10年が過ぎようとしております。それらの変革は、日常の生活になくてはならないものとして、また、教育現場に急速な変化をもたらしております。しかも、生まれて間もない赤ちゃんに対しても、母親のぬくもりをおろそかにしてスマホの動画を見せておけば、母親にとって自分の時間を安易に得ることが可能になります。

しかし、人間の赤ちゃんは、他の動物と異なり、成長するまで18年もかかります。それを阻害する要因として経済の事情があるとしたら、赤ちゃんが生まれて1歳になるときまで60万円ぐらい社会の宝物として国家が与えてみても、健全な社会が成長できる投資としては安いものではないでしょうか。

姪の結婚式時の家族写真

第3章　僅かな希望を抱いて・父の涙

A　1％の可能性を求めて

1．沼津の牟田口さんの網膜色素変性症が治った

１９８７年４月、不治の病から光をとり戻す。静岡県沼津市で書店を営んでいた牟田口さんが、中国湖南省長沙市の病院で網膜色素変性症を治癒したという記事が読売新聞に掲載されました。画期的ですし、朗報です。その記事を読んだ数人から連絡があり、翌日、沼津市の牟田口さんの自宅まで行きましたが、留守でした。ポストに名刺を入れてきましたが、このニュースによって全国の患者から問い合わせがあるのではないかと思い、沼津市役所に電話したところ、多くの人からの問い合わせが来ているので、沼津市が窓口となって説明会を開く予定だとのことでした。私もリストに記帳させてもらい、連絡を待ちま

した。

やがて通知が来て、沼津市民会館小ホールでの説明会に参加しました。沼津駅でタクシーの運転手さんが聞いてきました。

「今日は何組かの目の不自由な人を乗せましたが、何かあるのでしょうか」

「今日は、中国で目の難病を治した人の話を聞くために市民会館に集まっているのです」

全国の網膜色素変性症の患者にとって、夢のような話です。会場は満杯で、ロビーまであふれています。幸いにも私と家内は着席することができましたが、立っている人もいます。

やがて、牟田口さんが登壇されました。長沙市の病院で漢方薬と鍼灸、無塩食事を半年続けたら、ひとりで出歩けるまでに回復したとのことでした。その後の質疑応答でも、会場から多くの質問が発せられていました。

最後に、牟田口さんから、「みなさんが中国に行けるようにお手伝いをしたいが、私自身では限界があります。長沙市の病院のキャパシティの限界もあるので、もし中国での治療を希望する方は、申し訳ないが自力でお願いします」と述べられました。

２．厚生大臣室

清新会の仲間の油川さんが中国に行ったとき、鍼で麻酔をかけて手術をしている場面を見たという話をしてくれました。私の眼病も、日本では治療の見通しが立ちませんでしたが、中国の鍼灸であれば可能性があるのではないかと熱心に勧めてくれました。とはいえ、どのような伝手で行けばよいのか皆目見当がつきません。そこで、油川さんは「渡辺美智雄代議士を総理にする会」の会長をされていた、益子房之介さんに相談してくれました。すると、愛知揆一元大蔵大臣のご子息の愛知和男衆議院議員に連絡してくださり、厚生省までお願いに行けることになりました。愛知和男議員の事務所を訪ね、厚生大臣室に行くと、渡部恒三大臣が（中曽根内閣の内閣改造で厚生大臣を辞任する日に当たっていましたが）、閣議が終わって大臣室に戻ってくるのを、数台のテレビカメラが待ち受けていました。そのような多忙な中、厚生大臣付きの秘書の方が話を聞いてくださいました。

対応してくださった厚生省の大臣室の担当職員は、それらの騒ぎには関わらず、私の話を聞いてくださいましたが、中国の病院を紹介するのは難しいとのことでした。そこで、日本一の眼科医として有名な順天堂大の中島章教授を紹介してくださることになり、審議官の名刺に宜しくお願いしますとの添え書きをして、予約までしてくださいました。後日、その名刺を携えて順天堂の中島教授の診察を受けることができたのですが、結果は、他の病院と同じでした。

そのとき、沼津市民会館の説明会に参加した、網膜色素変性症の全国の多くの患者さんたちも、私と同じように藁をもつかむような思いで、中国での治療の伝手をたどっていたことと思います。

3．北京飯店

栃木市内に古くからある中華料理店の北京飯店は美味しいと評判の店で、私も何度か訪れたことがあります。

ある日、内装会社に勤務している友人が新装開店したというので食事に行こうと誘われました。料理は以前よりも美味しかったのですが、客は友人と私の一組だけでした。オーナーが代わって、料理長の林さんが任されているのだと聞きました。オーナーも林さんも市内には知り合いもなく、せっかくの名店が誰にも知られていないのだと思いました。

そこで、林さんに私の友人に毎日新聞の記者の会沢輝夫さんがいるので、会沢さんを中心に栃木市に支局がある新聞記者さんたちにご馳走してもらえたらと、私の考えを伝えました。後日、6名の新聞記者が集まって、林さんの心のこもった中華料理に舌鼓を打ちました。それが縁になり、新聞で取り上げられることも増えて、以来とても繁盛するようになりました。

林さんによると、オーナーの劉世民《りゅーせいみん》さんは、台湾の横浜総領事をしている方とのこと。私は、そのオーナーに、中国で東洋医学の治療を受けたいと思っているが、手づるがまったくなく、どのようにしたら中国に行けるようになるか調べてくれないかとお願いしました。

そうしたら、後日、劉さんが自宅に訪ねて来られました。劉さんは京都大学を卒業したのち、万里の長城を隔てた北側にある熱河省の県副知事をしていましたが、日本の敗戦ののち、毛沢東の共産党軍に敗けて、天津から台湾に亡命したという経歴の持ち主で、北京政府に見つかれば戦犯として処罰されるかもしれないと思っているが、40年も経っているので、恩人である石川さんのために努力してみると約束してくれました。

数か月後、劉さんは、北京政府の厚生省外事部の職員と交渉を重ね、中国政府からの招待状を持参してくれました。その招待状は、すべて中国語で書かれています。これが本物かどうか、東京・港区にある中華人民共和国の大使館に、友人の阿部道夫さんに同行してもらって行き、大使館の職員に見ていただきました。

これは本物です、と大使館からのお墨付きを得て、私の中国行きはとんとん拍子に進みました。

B　北京へ

1．廣安門病院

毎日新聞の会沢さんが、難病の治療のために私が中国（北京）に出かけるということを記事にしてくださったおかげで、１００人近い知り合いから餞別まで頂戴しました。まるで外地に出征するような気持ちです。

読売新聞で牟田口さんの記事が掲載されて以降、１か月50万円で中国の病院を紹介するという医療ツアーの営業をする会社も出てきました。外交官である劉さんは、その料金では高すぎるからと、北京政府に月25万円で受け入れてほしいと、契約書まで作ってくれていました。

１９８８年1月30日、家内と私、そして茨城県日立市にお住まいの日立の社員、同じ病気の川瀬秀信さんご夫妻と劉さんの奥さんの計5名で北京に行くことになりました。北京空港では、大きなトランクがなかなか出てきません。とうとう最後になってしまい、到着ゲートを出るまで1時間以上かかってしまいました。待合室では、中国厚生省の董慶喜《とうけいき》さんご夫妻、日商岩井の方、日立製作所の方々が、私の名前を書いたプラカードを持って出迎えてくださいました。

ひと通り挨拶をしてから、アカシヤ並木が沿道の両側にすっくと立っている道を1時間走って、北京市街に入りました。自転車がベルを鳴らしながら、大きな川の流れのように幾重にも重なっている姿には驚きました。

午後4時頃、廣安門病院に着きました。病室は5階ですが、まだその頃は北京では、電力不足のため、午後3時から4時までは計画的に停電があります。5階まで、大きなトランクをはじめすべての荷物を持って階段を上らなければなりません。

5階に着くと、今まで中国の人が入院していた部屋に日本人を迎えるため、ベッドなどを半分にしたとのことです。すでに、同じ診断を受けた日本人が5人、入院生活を送っていました。私と川瀬さんはベッド脇に荷物を置いて、家内と劉夫人、川瀬夫人は、1泊1万円する前門ホテルに移動しました。

同じ5階の入院患者さんたちに挨拶を交わしますと、先に来られていたみなさんと雑談になりました。川崎から来られた山田さんが、ここでは治った人はいないし、この廣安門病院はじめ、中国には多くの日本人が急に治療に来るようになったこと、中国にも網膜色素変性症の患者はたくさんおり、治ったという話はないこと、廣安門病院ではいきなり日本人が多数押しかけたものの、どのように治療してよいか、試行錯誤していることなどを話されました。

翌日、董さんにその話をすると、廣安門病院は眼科としては北京で一番の病院であり、もし牟田口さんが治療を受けた長沙市の病院に行きたければ紹介はするが、そこで効果がなかったとしても、再び廣安門病院に戻るのは難しいと言われました。それでは私はここで治療を受けようと決意しました。

翌日から、パンと油で炒めた野菜が出てきました。それから漢方薬を煎じた飲み薬を服薬し、それから毎日点滴と漢方薬の治療が始まりました。翌日は董さんご夫妻に北京ダックが美味しいというレストランでご馳走に連れて行っていただきました。

家内は、9日間北京にいましたが、天安門広場と故宮（紫禁城）を見学した以外は、ほとんど病院にいてくれ、北京観光はできませんでした。

毎日点滴をするので、針を挿したところが硬くなり、最後には手の甲にまで挿すようになりました。看護師さんは、おしゃべりをしながら針を挿そうとするので、私は思わず唇に指を当てて、黙って集中してほしいとお願いしてしまいました。

あるとき、視力のある方が点滴の容器のラベルを見たら、ブドウ糖と書いてあるのを見て、日本人の患者はみな驚き「これでは日本と変わらないではないか」と思いました。

私が毎朝廊下でラジオ体操をしていると、流暢な日本語で「あなたは、どうしてここにいるのだ」と尋ねてきた中国人がおられました。その方は白内障の手術で別で入院していることがわかり、日本の手土産を持っていろいろとお話を伺いに行きました。その方は16歳まで日本で育ち、現在は、アジア・アフリカ学院の日本語部長をしているとのことでした。

後日この教授に通訳をお願いして、眼科の主治医の劉先生と、この現状についていろいろとお話を聞かせていただきました。廣安門病院としては、どのように考えているのか網膜色素変性症の治療についての「本音」を聞かせてもらいました。ところが劉先生曰く中国にも進行を食い止める治療法はまだまったく確立されておらず、突然日本人が押し寄せて困っているのが実情だと話してくれました。長沙市の例は知っているが、本当のところは、糖尿病から網膜が傷んでいた症例と聞いているとのことでした。後日、牟田口さんの主治医という先生が北京に来られたので、尋ねたところ、その先生もその通りだと言ってくれました。つまり、網膜色素変性症の治療については、中国でも寛解した症例はまだまったくないのだということがわかりました。

2. 日本人の患者が騒ぎを起こす

そうしている間、効果が出ないことにイライラを募らせた山梨県の土建屋の社長さんが深酒を飲んで騒ぎを起こしてしまいましたので、その翌日、日本人患者と厚生大臣と話し合うことになってしまいました。私たち日本人はどちらかというと、報道で取り上げられて効果があると想像できる針治療を期待してきたのですが、病院側では漢方薬を用いた治療を実施するのが方針だとはっきりわかりました。

日本人の希望に沿ったのか、翌日から眼科の先生がまぶたの上に針を刺しての治療を始めましたが、蚊が刺したような針治療なので非常にがっかりしました。

ある日、廣安門病院で一番と評判の針治療の先生が、もめん針のような太い針を後頭部に3回ほども打ってくれました。そうしたら、目の底まで熱さを感じます。私はこの治療こそ求めていたものだと思いました。その先生には2、3回治療をしていただきましたが、世界中の要人の治療に出かけることになってしまい、それきりでした。もうその先生の針治療が受けられないことがわかると、涙が出て止まりませんでした。

中国医学の中に外気功法という治療法があります。患者に手をかざして気を入れ、血液の流れをよくするという治療法だそうです。若い気功士が私に手をかざしても何も感じられませんが、著名な先生が手をかざすと、指先から熱いものを感じることができます。

3．涙が止まらない

入院１か月が過ぎた頃から、「やはりだめなのか」という無念な思いにさいなまれ、やたらと涙がこぼれてくる日が続くようになりました。

私の生まれる２年前まで、中国で日本は15年戦争を戦っていました。１９３１年（昭和6年）の満州事変から、１９３７年の日中戦争、１９４１年の太平洋戦争を経て、１９４５年の敗戦までの足掛け15年間の戦争です。戦争を始めた頃は、職業軍人が戦地に派遣されていましたが、広い中国本土を攻め、真珠湾攻撃以降はアメリカをはじめとする連合軍との戦いに、戦域を拡大すると、本人の意思にはかかわらず、赤紙一枚で兵隊として戦地に派遣されていきました。それらの命令は陸軍大学や海軍大学を優秀な成績で出た、ごく一部の軍人によって下されました。しかも、食料も武器も満足には与えられず、精神論一本槍で戦地に送り込まれました。

戦後、勝利した方が敗者を裁く極東軍事裁判（東京裁判）などについて、有識者が何だかんだと議論をしていますが、私は、戦争に負けたのに終戦とごまかしたり、無謀な命令を出して膨大な戦死者や負傷者を出した人々全員がその責任を取るべきだと思っています。ある日、急に軍歌が聴きたくなり、家に電話して、カセットテープを送ってもらいました。中国の人々にとっては、日本の軍歌をかけるなどとんでもないことかもしれませんが、急に聴きたくなって、ひとりのときに聴きました。軍歌といえば戦争を鼓舞する勇ましい曲がほとんどでしょうが、父母を思い家族を思う『戦友』等悲しい曲もあり、その曲を聴くと、何か心が安らぐ思いがしました。

4. 董慶喜さん

人民服を着て、丸い顔に誠実そのものといった目をした董慶喜さん。信頼できる人と出会えたと、ほっとしました。それから毎日病室に訪ねてこられ、その都度私は自分のことを理解してもらうため夢中になって話をしました。

日曜日にもなると、八達嶺長城、八達嶺熊楽園、慕田峪長城（万里の長城）などの観光に連れて行ってもらいました。

万里の長城には、バスに乗って行くことになりますが、トヨタのマイクロバスと日野自動車の観光バス、それに中国製の観光バスではそれぞれ運賃が異なります。やはり当時は日本車が乗り心地もよく、人気も高く、運賃も高いのです。

董さんは山東省で生まれ、大連大学でロシア語を学び、日本語は独学で学んだとのことでした。奥様の李淑賢さんとは北京で知り合いましたが、文化大革命のときは、北京から離れ、別居生活をしていたとのことでした。

１９８８年の春節（旧正月）は２月17日でした。16日の夜９時頃から、花火と爆竹の破裂音が盛大に鳴り響きます。翌17日の朝には病室を回ってくる掃除のおばさんから「新年好」と挨拶を受けました。

翌日の夜には、董さん夫妻が、バスに２時間も揺られながら、水餃子をはじめ正月の料理を持ちきれないほど届けてくれました。その誠実なご夫妻にますますの信頼を寄せることになりました。

万里の長城

C　200万を董さんに預ける

1. 盗難の不安

私は、初めての中国滞在で、何かと入り用なこともあるかと200万円の現金を持ってきていました。昼間は病室に置いてあるトランクに、寝るときも腹巻に仕舞って寝ました。大金を肌身離さず持ち歩くのも大変不安です。董さんのことは、勤務先の電話番号以外は、どこに住んでいるかも知りませんが、私は董さんにこのお金を預かってほしいとお願いすることにしました。

病院の費用など、すべて董さんに支払いをお願いすることにしたのです。ちなみに10月に日本に帰国するにあたり、オーダーメイドでスーツを作ってくれる方に2万円で作っていただきましたが、後ろの両ポケットがあまりにも深かかったため、日本で履くことはできませんでした。

2. 入院生活から2か月後

入院して２か月が過ぎた頃から、他の日本人患者も治らないという現実に即し、病室での入院生活が非常にギスギスしてきました。このままでは精神的によくないと考え、「病院を出たい。ホテルに宿泊して、自分で眼科医、漢方医など、董さんの紹介するお医者さんの治療を受けたい」とお願いをすることにしました。

3. 董さんのこと

董さんは私の気持ちを理解してくださり、ホテルとしてはあまり新しくはないものの、日本企業の事務所も入っている、北緯飯店に部屋を見つけてくれました。そして、私を病院に連れて行ってくれる通訳のできる女性を見つけてきてくれました。９時から５時までで日本円で１日４５０円でよいというのです。

それから、西太后の避暑地である頤和園《いわえん》の近くの眼科に２週間に一度通院して、マッサージは北緯飯店の部屋まで出張してもらいました。通訳の李路先《りーるーせん》さんは、私と同じ年齢で小学６年生の母親でしたが、勤務先では毎日本を読むぐらいしか仕事がないとのことです。また、日本語は独学で学んだそうです。そして、翌日には、北京市全域を利用できるバスのパスを作ってきてくれて、地下鉄に乗る以外は、ほとんど無料に近いパスを利用して移動することになりました。

董さんは、「あなたは、お父さんお母さん、それに奥さんが働いてお金を送ってくれているのだから、無駄なお金は使ってはいけません」と言いました。当時の中国では、人民元と兌換券《だかんけん》と二通りのお金が流通しており、高額な物を買う場合は人民元では買えませんでした。

董さんは、帰国する際に、お金の支払いの明細が記帳された書類と残金を渡してくれました。数年後、董さんから、「お金を預けてもらったことは、信頼されている証拠で嬉しかったが、中国にも泥棒がいるので、もし盗まれたらどうしようと気が気でなかった」と本音を聞かされましたが、本当に私欲のない人なんだなと、中国人の中でも特別誠実な方と出会えたことは私にとって幸せなことでした。当時の一般の労働者の月給が5000円ぐらいという時代です。

私が、ホテルのレストランで一緒に食事をしていきませんかと誘ったところ、董さんは、「私は生活に困っていません。それよりも余計なお金を使わないでください」と断られ、観光地などに連れて行ってくれた際も、私には1円も使わせないのです。

ある日天壇公園を散歩していると、董さんが、「今の職場で上司からいやがらせを受けているので、辞めることにしました」と言いだしました。上司は、董さんが何事も一生懸命に取り組んでいるのが気に入らないようで、董さん宛に来た手紙や書類を隠すという幼稚な方法で嫌がらせをしてくるということでした。

私は、その頃には、共産主義のイデオロギーというのは、国民すべて平等なのだから、仕事ができる人もできない人もいる職場では、できるだけなまけものに合わせればよいのではないか、仕事をがんばる人は職場から疎まれる社会なのだろうと思うようになっていました。

董さんは労働大臣さんとの面接で、あなたはどんな仕事ができるのかと聞かれたので、日本語で書かれたコンピューターの辞書を中国語に翻訳したと答えたら、すぐに部長さんから、労働部で働いてほしいと採用が決まったとのことでした。

労働部の代表団が日本の政府や労働団体との交流を図るために来日する際、董さんが通訳として同行する機会が多くなりました。近年は、中国人の観光客の日本での爆買いが話題になりましたが、当時の代表団一行は、１００円ショップでお土産を買って帰国したそうです。

１９９３年（平成5年）には、学ぶ活動である研修に加えて、労働者としての実践的な技能・技術を習得するための技能実習制度が導入されました。その技能実習生の中国の窓口として東京事務所が開設されることになり、董さんは、日教組の槙枝元委員長の旧宅をお借りして、中国政府の窓口業務を始めました。実習生を必要としている日本企業を訪問し、中国の農村部などで希望者を募集して、日本語を半年学び、日本企業に派遣する仕事を始めました。それ以来、日本と中国を往復する生活を送り、定年で中国に戻ろうとしても、大阪の会社の方々から、事業の継続を懇願され79歳になった今日まで、大阪と北京を往復しているそうです。

その間、二人のお子さんとも日本に留学して、息子の董良《とうりょう》さんは、日本企業の中国事務所で働き、長女の李淑賢《りしゅくけん》さんは、中国と神奈川を往復して仕事をされているそうです。

D　北京滞在250日

1. 家族には申し訳ない

1988年10月9日、北京。当地での目の治療は、何の成果も上がりませんでした。家内、両親、家族には申し訳ないことと無念でなりませんでした。

しかし、北京での生活では多くの人と知り合い、自分にとっては有意義な時間を過ごすことができたと思っています。北京で暮らしている間、私はちょうど日本の30年前と同じだなと思っていました。中華料理はほとんど食用油で炒めたものばかりで、りんごを食べても、りんごの形はしているものの、なぜか味がしないのです。餃子にしても水餃子しかありません。何とか焼き餃子が食べられないかと思って店を探して、やっと見つかったと思っても、味は思っていたのと違ってがっかりしました。

その店の隣の店に長い行列ができていたので、何の行列か尋ねたところ、日本でも話題になった毛生え薬１０１の販売店でした。私も友人から、「もし手に入ったら買ってきて」と頼まれていたのです。でも行列が長過ぎて、あきらめました。

２．阿部さんからのレター

栃木の友人の阿部道夫さんは、私の好きなラジオ番組をカセットテープに録音して、毎週ホテルまで送ってくださいました。聴き終わったテープがたまってきたので、北京中央テレビ局の日本語放送している部局に、「このテープは日本のラジオを録音したものです。放送局の方で要りませんか？」と持って行ったところ、日本語の勉強にもなるのでぜひほしいと喜ばれました。それ以来、聴き終えたテープがたまると届けにいきました。中国ではニュースにならない世界の出来事を阿部さんのテープから聴いておりました。

９月の中秋の名月には、月餅を食べて盛大に祝う風習があります。北京放送局の日本語部長さんは、私のホテルの部屋まで大きな月餅を持って来てくださり、「中国で知ることのできない世界の情勢を知ることができとても役にたちました」と感謝されました。なめらかな日本語を話しておられるので聞くと、16歳まで日本で育ったとのことでした。

3. 無念の帰国

楽しいことや親切な人と別れるのはつらいものですが、治療の成果はなく、ついに10月9日に帰国することが決まりました。日本航空の北京営業所にチケットを買いに行った際に、私は視覚に障がいがあるが、ひとりで成田まで帰りたいと話すと、それは可能ですと言われました。もちろんサポートを受けながらではあるものの、家内が北京まで迎えに来なくても帰ることができます。

１００人の方々から餞別をいただいていたので、お土産は何にしようかと悩みました。中国は刺繍が有名なので、刺繍で描かれたハンカチを１００枚購入し、それだけでは寂しいので、ホテルの売店でロイヤルゼリーの10本入りのアンプルを見つけ、これは、医薬品にならないかと聞いたら、サプリメントだから大丈夫だと言うので、これも１００箱購入して北京の佐川急便で自宅に送ってもらうことにしました。しかしながら、成田の税関から電話があり、医薬品に該当する効能が書いてあるので、個人として飲むならよいが、１００箱は多すぎて輸入にあたる、配布は認められないとの連絡がありました。せっかくのロイヤルゼリーですが、泣く泣く廃棄処分にしてもらいました。

4．劉世民さん

栃木市の北京飯店のオーナー、私の中国訪問に骨を折ってくださった劉世民さんは、私の訪問準備、渡航、そして帰国に際してもずっと董慶喜さんと手紙や電話でやりとりを重ねてくださいました。

劉世民さんは、北京生まれで京都大学を出て満州の熱河省の副知事をされていました。やがて毛沢東軍に敗れ蒋介石とともに天津から台湾に亡命された方です。中華人民共和国が成立してから40年も経ち、台湾に亡命した国民政府（蒋介石）であった劉さんではありますが、彼が北京を訪れても何の心配もないことを確信できたと言って、40年ぶりに北京に降り立ちました。

そして、1900年に建てられた北京市でもっとも格式のある高級ホテル、北京飯店で中国時代の旧友と再会を果たしたそうです。劉さんは、「石川さんのおかげで北京に来ることができた。こんなに嬉しいことはない」と喜んでくれましたが、それは私にとっても望外の喜びというもので、私の中国訪問がここまで完璧な形で実現したのは劉さんのおかげにほかならないのです。

5. 竹下昇総理大臣歓迎式

1988年8月25日北京の天安門広場を歩いていたところ、多くの日本国旗がなびいていました。そこで警備を行っていた警察官に尋ねたところ、「これから日本の竹下登総理大臣の歓迎式典が人民大会堂前で行われる」とのことだったため、このような機会は滅多にないと思い、式典の開始を待つことにしました。しかし、時が経つにつれ段々と警察官に外へと追いやられてしまったので、私は仕方なく中国国家博物館の階段を上りました。そこからは赤い絨毯が敷かれた広場で子どもたちが歓迎の踊りをしている姿が見え、21発もの歓迎空砲が鳴り響く式典を見ることができました。

E　10月9日帰国

1. 北京空港まで

10月9日は、北京空港のリハビリ協会に日本人会員として2番目の登録をされていたこと、董義信さんの取り計らいで飛行機の搭乗口までフリーパスです。日本航空の職員さんが、アシスタントパーサーに引き継いで、一番前の座席に座ることができました。隣席の「日本盛」の営業で訪中していたビジネスパーソンが何かと空の旅の面倒を見てくださったので、何の不安もなく成田に着きました。成田でもこれまた日本空港の地上スタッフが入国手続きや手荷物のピックアップをサポートしてくださり、スムーズに入国ロビーで待っていた家内と再会できました。

30年前にはすでに、国際線も国内線も、視覚障碍者がひとりで搭乗することが可能になっており、たとえ付き添いがいたとしても、特別な配慮をしてもらえるようになっていました。国内での電車を利用した場合にも、駅員さんが連絡を取ってくださり、タクシー乗り場まで案内してくれるところまでのサービスがマニュアル化していました。

２０１１年11月、23年ぶりに家内と北京に行ったときも、新しくなった巨大な北京空港は、出国ロビーに行くのにも電車に乗ったりとかなりの距離がありましたが、その間、中国人スタッフが重いトランクを持って出国ロビーまで案内してくれました。空港のロビーでは、董さんの奥さんの李淑賢さんと娘さんが迎えてくださり、カーナビ付きの日産車でホテルまで案内してくれました。

董さんはよく、北京に帰ると自宅までタクシーに乗るが、あまりにも短期間に街並みが変貌するので、道を間違えられたのかといつも心配になると言っています。北京は東京よりも高層ビルが立ち並んでおり、中国の勢いを感じました。

翌日は、観光バスで万里の長城のもっとも高い区域に行きました。11月の冷たい風に当たり、帰りにゴンドラに乗ろうとしましたが、ゴンドラが絶えず動いておりなかなか一歩が踏み出せずどうしようかと冷や汗をかきました。夜には、当時通訳といろいろな手引きをしてくれた李路先さんと眼科の女医先生の家族と、舞台を観ながら食事をしました。

三日目は、董さんと李さんの別荘に連れて行っていただきました。とてもモダンな造りで、客間がいくつもあり、明仁天皇と美智子皇后のお二人の写真が飾ってあったのには、心から日本に親近感を持ってくださっているのだなと敬服しました。

F　父の涙

1. 子を想う父からの

北京のテレビニュースでは、昭和天皇の病状と、多くの人々が皇居を訪れ、回復を願う記帳をしている様子が放送されていました。

翌1989年1月7日、昭和天皇の崩御が発表され、小渕恵三官房長官が新しい元号は平成と発表しました。毛筆で平成と大書されたプレートがテレビに大写しになり、昭和の時代は終わりを告げました。

太平洋戦争敗北の日を境に、昭和は、戦中派と戦後派に分かれたといえるでしょう。私たちの年代は戦後生まれの団塊の世代にあたります。『三丁目の夕日』という映画に描かれた通り、まさに、今日は昨日の延長にあるのではなく、戦争で廃滅になった社会が急速に変化していく時代だと、身に染みて感じられた時代でした。

洗濯機、テレビ、冷蔵庫、自家用車、クーラーなど、家庭に電化製品がひとつずつ増えていき、食料品の購入も八百屋さん、豆腐屋さんなどの個人商店からスーパーマーケットなどに変化しました。毎日が新しくなり、日常生活が豊かになっていき、生活格差が少なくなり、自分は中流家庭に属していると感じる人が多い時代を過ごしてきました。私もまた自分の家を中流と感じていました。

7月のある日、家族と夕飯を食べていたとき、父が突然、切り出しました。

「病気が進行し、このままではやがて仕事もできなくなるだろう。まして、おまえほどわがままな人間はいない。従業員は誰もついていかないのではないか。私が元気なうちに、針・灸・マッサージを勉強しておいたらどうか。必ずしもそれで生活しろとは言わないが、どこにも出られず、家に引きこもるようになってからでは遅い。マッサージをすることで人から喜ばれ、世間から忘れられないようにしてはどうか」

涙を流しながら、父は自分の考えを言い終えました。

父がそのように考えていたことを、私はそのとき初めて知りました。私自身はまったくそのようなことを考えたこともありませんでした。治癒の望みを捨てたわけでもありません。一方で、症状の進行が父の言うように深刻であることと、あまり真剣に向き合いたくない自分がいることも自覚していました。

このとき、「父の言うことはその通りだ」と、私は素直に受け入れました。

2. 塩原視力センターでの生活訓練

① 国立塩原視力障害センター

私は、塩原温泉や、スケートリンクなどで何度か塩原町に行ったことがあり、国立塩原視力障害センターが広大な敷地に建てられていたことは知っていたので、翌日、電話を入れて、説明を聞きたいと話をしました。後日視力センターに伺い指導課の課長さんから、詳しく内容について説明を聞きました。視力センターには、中途失明者の社会復帰を援助するために、日常生活を半年かけて訓練する課程と針・灸・マッサージの受験資格を3年間かけて学ぶ理療課にわかれています。

10月16日からの生活訓練生10名の募集をしているところだと聞かされ、申し込みは自治体の福祉部を通じてお願いしたいとのことでした。

栃木に帰り、市役所に伺い障がい福祉課の担当職員に塩原視力センターの生活訓練を受けたいので手続きをしてほしいとお願いし、眼科の診断書と知能検査の結果の診断書を提出しました。

国立の中途失明者の更生施設は、函館市・と栃木県塩原町・埼玉県所沢市・神戸市・福岡市の五か所にあり、県別に入所できる地域が区分されていました。塩原視力センターは、山形県・新潟県・福島県・群馬県・栃木県・茨城県・千葉県が対象県として含まれていま

塩原視力障害センター

した。幸いなことに栃木は地元にあったのですが、施設が長期休暇に入る度、それぞれの自宅まで帰らなくてはなりませんでした。一番離れたところは、新潟県の佐渡島からの人もいました。残念なことに、塩原視力センターは、２０１３年3月31日をもって廃止になり5万ヘクタールの敷地は現在は更地となっています。

②視覚障碍者としての第一歩

10月16日、家内の運転するワゴン車に寝具一式と生活用具を積み込み栃木インターから北上し、西那須野・塩原インターまで1時間かけて、国道４００号を塩原温泉に向かって行きました。関宿からは、上り坂になり、箒川《ほうきがわ》の渓谷を曲がりくねって塩原温泉街の入り口にある塩原視力センターの生活訓練棟に着き、与えられた部屋に荷物を降ろしたところで、栃木市役所の障がい福祉課の清水さんから、点字板と白杖を支給されました。10時から入所式が始まり、自己紹介があり千葉県・茨城県・栃木県・新潟県からの10名で20代の若い女性が二人含まれていました。式典が終わり部屋に戻ったら、同室の相手の方は、隣町の大平町の鈴木さんで、視神経萎縮の病気にかかり、半日で全盲になってしまったとのことでした。午前中に家族と役所の職員は帰宅し、昼食の時間になり、食堂までは、階段を下りたり、長い廊下を歩いて、やっと食堂の部屋にたどり着きました。食堂まで、私は鈴木さんを案内しようとしたら、指導課の先生が鈴木さんに自分ひとりで行ってもらいますと言って先生が手すりの位置や廊下を歩くときの注意など指導しながら食堂まで案内しました。食堂は、一度に１４０人ぐらいが同時に食事ができるようテーブルが並んでいて、座席は指定席になっていました。全盲の人は、床に細長い木でできた案内板を足で確認しながら、カウンターまで行き、お盆にご飯と味噌汁と料理を載せてもらい、また、足で案内板を確認しながら自分の席で食事をしたら、今度は、出口にある残飯入れとトレイ返却口まで持っていき手洗いをしてから、また、自室まで自分ひとりで戻りました。

これを朝、昼晩の3食でこなし、お風呂は、一度に30人が入れるお風呂で脱衣場で脱いだ服の位置を覚えて、流しで体を洗って大きな湯舟に入るのだから、どんなに神経を使うだろうと思ったと同時に、まだ、何とかひとり歩きができる内に入所できてよかったと思いました。

③点字と白杖

私は、市役所の清水さんから、点字板と白杖を渡されたのが初めての出会いでした。言葉として知っていたが、それまでさほど関心もなく、考えてみれば、今まで、目の不自由な人とは、北京の廣安門病院で会ったのが初めてでした。

点字とは、フランスの学校の先生をしていた、ルイ・ブライユ先生が考案したものです。日本では、明治時代に石川倉次先生が、ひらがなを基本に点字の組み合わせによって数字・英語・カタカナ文字などに活用できる6点点字を考案し全国に普及させました。木でできた点字板に厚い紙をはさみ、サイコロの6の目のようにくぼんだ金属でできた、定規のようなものを紙の下に置き、上からは、長方形の小さなますが32個2段になっているものをはさんで、とがった点筆を使い、右側から左へと穴をあけるように刺していきます。そして、読むときは、左側から、右手の人差し指の腹で突起を文字として読んでいく仕組みになっていました。文字を打つことは簡単にできるが、読むとなると感触を頼りに読むことになります。なかなかできずトイレや部屋の中に点字本を置いておき、暇さえあれば早く読めるよう努力しましたが、読めるようにはなりませんでした。でも、子どもの頃からなじんでいる人の中には、書くのも読むのも健常者が新聞を読んだり文字を書いたりするよりも早い人がいます。

白杖の歴史は第一次大戦中のフランスで「白い杖を視覚障碍者用に」と、ジャン・ドラージュが、盲人の白い杖を考案し、「白いつえ」協会を設立したのが始まりといわれています。日本では、道路交通法によって規定されています。

私は、幸いにして、交通の便利なところに住んでいました。金曜日の授業が終わると、センター前から西那須野駅までバスに乗って、西那須野駅から、JR宇都宮線で小山駅まで行き、それから、小山始発の両毛線に乗り、駅から自宅まで、歩いて10分で帰ることができました。その際私は、白杖を右手に乗り、電車の中では白杖を折りたたみ、ウォークマンでNHKのラジオ第2放送で日曜日の9時から放送されていた、文化講演会を録音したテープを聴きながら、帰ってきました。白杖を持っていると、必ずどなたかが大丈夫ですかと声をかけてくださる。とくに栃木駅では、ホームに降りてから階段を上り連絡通路を歩き階段を下りて、改札口まで出なくてはならないので、声をかけてくれた方には、改札口までお願いしますと伝え安心して帰ることができました。しかし、今では、家の中でもどこにいるかわからなくなってしまうので、絶対に外はひとりでは歩くことはできません。必ず、どなたかに手引きをしてもらうが、その際は白杖を持つことにしています。

生活訓練で一番助かったことは、お金の見分け方でした。小銭は大きさと側面のぎざぎざで判別ができ、お札は、1万円札と5千円札、千円札とは横の長さが5ミリずつ短くなっており、財布に入れるときは、1万円はそのままに、5千円札は4つ折りに、千円は2つ折りにして収納しておきます。

そして、一番無用だったのは、カナタイププライターでした。今どき、カナタイプを使用している人はいないのに、授業の時間があったので4万5千円も出して買ったうえ、練習にかなりの時間を費やし、その後も一度も使用することなく処分してしまいました。その頃、私は、東芝のワープロを使用していた時期があり、それから、音声入力のパソコンソフトが出てきたので、ローマ字入力ができていました。今年亡くなった石原慎太郎さんが、最後まで東芝のワープロで原稿を書いていたとの息子さんの話が週刊誌に載っているのを読んで、何事にもこだわる人だから、自分の意思がはっきりしていたのだと思いました。

④日本点字図書館

私は、塩原視力センターに行く前に栃木市視力福祉会の会長をされている、杉江会長さんの治療院に挨拶に行ったところ、栃木市の視力団体を創設するにあたり努力をしていただいた中江さんともお会いしました。その際、中江さんから、『光への挑戦』(大島功著/国際プレス・センター刊/1980年)という本をいただきましたが、本と新聞は読めない状態になっておりました。がせっかくいただいた本でしたので、塩原視力センターには持参しておりました。

私は塩原視力センターに行き、本間一夫さんが私財を投じて作った日本点字図書館という施設が東京都新宿区にあることを知りました。そこでは点字本の貸し出しだけではなく、ボランティアの方々が本を朗読してくれたカセットテープを無料で貸し出していました。

日本点字図書館に電話して『光への挑戦』と日本で初めて点字試験で司法試験に合格した竹下義樹弁護士の自伝『ぶつかって、ぶつかって。』のカセットテープを送ってもらいました。ありがたいことに視覚障碍者の福祉に寄与する点字図書館、点字出版施設等の盲人福祉施設では、日本郵便会社は、無料にて配達してくれます。その他、郵便物には、モノによって割引制度など公益性を重視してくれています。

大嶋功著の『光への挑戦』は、失明した原因はさまざまだったが、失明と向き合って工夫をしながら会社を経営していた人々の話です。私が特に印象に残ったのは、新潟県で運送会社を経営していた社長が失明の状態がわかると、銀行の融資が受けられなくなってしまったこと。爆発事故で両手両眼を失いながら、口に筆をくわえながら金融業を営んだ人。そして、長崎でトロール船の会社を赤字から立て直した多田和義さんなどでした。全盲の弁護士竹下義樹さんの場合は、本人の努力というより、多くのボランティアさんが、六法全書などの点訳を協力して、何度目かの司法試験に合格しました。周囲の人が頼まれもしないが、ほっとけないというカリスマ性があったのでしょう。点字受験を認めさせ新開地を開いた偉大な人だと思いました。

日本点字図書館から、カセットテープで本が読めるようになり、吉川英治の三国志、私本太平記、新・平家物語など片っ端から読むことができました。90分のテープで30巻になってしまい、どんどんと本を読むことができ充実した生活が送れるようになりました。

3．国家試験を目指して

塩原視力センターの理療科生活訓練生の過程が終了して、1990年4月9日針・灸・マッサージの受験資格を取るための理療科の入学式がありました。寝具や生活用具などは、視力センターに置いてもらっていたので、私ひとりで出席しました。クラスメートは19名で、18歳の青年から60歳までの年齢差があり、私は42歳で上から3番目の高齢者でした。女性は二人でほぼ指定区域の県から集まっていました。同じメンバーで3年間の学生生活をすることになります。授業内容は、解剖学・生理学・病理学・東洋医学・それに針・灸・マッサージの実技を行い体育の時間もありました。

今までは、針・灸・マッサージの資格試験は都道府県の試験でしたが、3年後から、健常者と同じ試験問題を受けることになり、そのかわり、実技はなくなりました。視力センターとしては、視力センターの先生と栃木県盲学校の先生が試験問題を作るので、試験当日会場で受ければほぼ合格したとのことでした。視力センターの理療科の先生方にとっても初めての経験で、先生の教え方にも今までと同じように教科書をただ読んでいるだけの先生と、新しい試験を意識して教えている先生との熱意の違いを感じることができました。解剖学の最初の授業で頭部の骨の名前が15個出てきました。私は、隣の小山市から来ている生井さんという20歳の青年の部屋に行き、頭を触りながら、骨の名前を繰り返し覚えることまでしました。骨の名前だけで、２００以上あり、手首は、８個の骨で複雑な手の動きをサポートしており、それに伴い筋肉の名前、神経の名前など、初めて覚えることばかりでした。そして、実技として、あんま・指圧・マッサージを二人一組になって施術をしたり、針・灸は押して痛いと感じるところに、針・灸を刺したりして実技の時間が生理学や病理学を学ぶより気が楽でした。東洋医学のつぼも３６０以上名前があると言われ、背中のつぼから名前を覚え始めました。

若い丸山先生の授業で、生理的食塩水の濃度は何%かという質問が出ました。指された松川さんは、答えることができず、丸山先生がそんなこともわからないのかとバカにしたような口をききました。松川さんは、沖縄県与那国島出身で千葉で床屋さんを営なんでいて、視力が落ちてしまい仕事をやめにして、新しく針・灸・マッサージの勉強に来た50歳の方でした。夜、松川さんの部屋に行くと、このままでは、とても授業についていけない、あきらめて家に帰るつもりだと、ふとんの中で泣いていました。翌日私は、丸山先生を教室に呼び出し「先生の質問には私だって答えられない。だから、勉強に来ているのではないか、松川さんに言い過ぎたとあやまってほしい」とお願いしました。丸山先生は、松川さんの部屋に行ってあやまってくださり松川さんもそれで落ち着き、わからないことがあっても3年間視力センターの生活を続けてくれました。後日、私はタクシーに乗り、塩原温泉街にある寿司屋さんに丸山先生を招待し、私の出過ぎた行為を謝罪しました。その松川さんには、後日談があり、マッサージの免許を取って千葉には帰宅せず、那須塩原市の板室温泉で置屋さんに住み込み、旅館からマッサージの依頼があるとお客様のところに出かけ、治療をしていました。ある日、お客さんをもみながら、お客さんはどちらから来たのですかと尋ねたら、栃木からだと聞いて、栃木には、塩原視力センターで同じクラスだった石川孝一さんがいたと話したそうです。その方は、自宅の隣の燃料店の奥さんだったので、奥さんからそのことを聞きました。とかく世間は狭いものです。

4. 42歳の学生生活

私は、両親と家内に家業を任せ、稼ぐことをやめて学生をしています。国家試験は、健常者と同じ問題に取り組みます。文字が読めないのは大きなハンディになることは事実で、合格率は健常者が80％で視覚障碍者は60％ぐらいだろうといわれていました。教科書は拡大文字で、厚いレンズのメガネをかけルーペを使えば何とか文字を読むことができましたが、勉強の仕方がわからず、ひたすら書いて覚えようとしました。そのために、夜は食事と風呂を済ましてから、教室に行き、誰とも話さず、時間を費やしました。そして、朝は、5時から自習室で勉強し、塩原の冬は自室に9時まで暖房が入るが、朝は入らず、日の出の30分前頃になると足元が冷えてくるのがよく感じられました。そのうち、どなたからのアドバイスか忘れたが、東京都の試験問題集が手に入り、それをくりかえし勉強してくると問題に同じ傾向があるのがわかり、それを基本に余計なことを勉強しなくてもよいことがわかってきました。そのうち、成績のよい人は、自分で試験問題を作れるぐらい、覚えてほしい事柄がわかるだろうと思うようになりました。子どもの頃にこのような試験問題の傾向と対策がわかっていたら、成績の優秀な学生になっただろうと思います。今頃気付いても遅いのですが。

3年生になると、それまでは同じクラスの仲間を相手にマッサージの練習をしていたが、外来のお客さんを相手に実習があり1時間マッサージを行います。お年寄りの方は、親指に力を入れて手ぬぐいの上からもむので、比較的力を入れなくてもよいが、50代の身体の硬い方にあたると、足をふんばって力を入れないとお客さんは満足しません。料金は80

0円で1000円いただいておつりはいらないと言われればそれが私個人のチップになります。そのチップの200円をいただいたときは、気分がいいもので、それで下級生の若い人に飲みものでも買いなと渡していました。ところが、針・灸のお客さんのほとんどには、治療してもチップがもらえないのです。これは、治療に満足していないからだと気付き、最後の10分ぐらいマッサージをしてあげると200円のチップがいただけるようになりました。そのうち、国家試験には実技がないので、自分の時間になっても他のクラス仲間にお願いしてもっぱら試験問題に取り組むようになりました。

3年生になると、解剖実習の時間があり、自治医大の解剖室で、ホルマリンで腐敗しないようになっている人体を手で触ってきました。心臓は、にぎりこぶしの大きさで、胃袋は厚さ数ミリの長方形をしており、小腸は長さ7メートルぐらいあり、座骨神経などは、鉛筆の芯ぐらいの太さがあります。人間が生きているということは、それぞれの器官と神経、血管でできていて、生きているのが不思議なことだと思いました。

福島県の喜多方市から来ていた小沢さんは、2学期の途中で病気が悪化して自宅に戻っていました。その間私は、一番前の座席で授業を90分テープに録音して、小沢さんの自宅に送っていました。視力センターは郵便が無料になる施設なので、毎日送付し、聞き終わったテープを返却してもらいました。幸いにも試験の頃には視力センターに戻ることができ3科目とも合格しました。その後自宅を治療院に改築して3年仕事をしていたが、病気が悪化して亡くなってしまいました。

5. 改善運動

テレビが観られなくなった視覚障碍者にとってラジオがもっとも身近な世間と関わる情報元です。120名の視覚障碍者が一堂に会し、新たな生活を目指して共同生活しているのに、ラジオを聴くことができない。私は、宇都宮のNHK放送局に電話して何が問題なのか調査に来てもらいました。そうしたら、南側にある高い山が東京からの電波をさえぎっているのが原因だとわかりました。私は、このことを指導課の課長さんに話して、私の知り合いの県会議員さんにお願いして、アンテナを設置してもらうことを話し、視力センター側としても何か良策を考えてほしいとお願いしました。過去50年の間、この問題に気付いた人はいなかったのでしょうか？

数日後、課長さんが、レストランや商店のBGMとして流れている大阪有線と話し合ったところ、特別な料金で各部屋に受信機を置いてくれることになりました。あとで気付いたのですが、塩原温泉街は、箒川の渓谷に沿って温泉宿やホテル民家が立ち並んでいるためテレビの電波が届かず、難聴なところが多かったので、いち早くケーブルテレビが普及していたのです。

教室は3階建てになっており、3階から授業が終わり、階段を下りるときに、私は、右手で側面を触りながら下りてこられたが、同室の全盲の神作さんが、階段を下りるのが怖くて仕方がないと言っていました。それを解消するには、下りる側にも手すりを付けてもらえばよいことだと思い、指導課の課長さんに手すりを付けてもらえないかと話しに行きました。課長さんはその話を理解してくださり、厚生省に電話を入れました。そうしたら厚生省では、両側に手すりを付けると、階段の幅がせまくなり、許可はできないと言ったそうです。課長さんが階段から落ちてケガ人が出たと伝えたら、そちらで自由に対処してよいとのことになり、右側の上り階段についてあった手すりを取りはずし、下りる側に付け直してくれました。

指導課の先生方と話していると、私たちはケースワーカーの資格を持っている専門家だとよく口に出します。あるとき、購買所のある近くの廊下を直すことになり、先生に歩きやすいように直してくださいと話したが、工事が終わってみたら、廊下が急な勾配になっており、しかも直角に廊下が曲がっていました。その結果、スリッパが脱げたり、壁にぶつかる人が出てきました。

塩原視力センターのグラウンドは本館から坂道を上ったところにあり、私でもグラウンドから帰ろうとしても出口がわからない。これでは、全盲の人では来られません。視力センターには、入所生のはきもののロッカーの入り口に、誘導音が付いています。その誘導音をグラウンドの入り口につければ解決できると思い、指導課の課長さんに話したところ、すぐ取り付けていただき、私にとってもすごく楽にグランドに行くことができるようになりました。

しかし、あるときから、その誘導音が聞こえなくなってしまったのです。どうやら誘導音を止めたのは、グランドで体育の授業を行う、橋本先生だとわかりました。そこで、橋本先生に何で消したのかと尋ねたら、鳥が寄ってこなくなってしまうとの返事でした。それは詭弁で鳥の鳴き声は聞こえています。要するに、健常者の自分がうるさいと感じたからなのです。その後は消すことはなくなって、卒業してから、棟形先生が日直の日に視力センターに行くと、山の上から誘導音が聞こえていました。

このように何かと3年半の間に視力センター側に改善を求めてきましたが、それを理解してくれた課長さんと巡り会ったのが第一要因で、何事も否定から入る先生のときには、あえて問題を持ち越しておく。これは、市役所をはじめ公務員の方と付き合うときの鉄則です。

6. 卒業式

1993年2月20日土曜日は、あんま指圧・マッサージの第一回の国家試験の日でした。前日は、下級生に全身をもんでもらい、当日は出回ったばかりのホッカイロを背中と腰に貼り、朝の9時から午後4時まで健常者と同じ150問に取り組みました。

試験問題を点字で読める人は点字で回答し、私の場合は、試験問題は、超拡大文字でそれをルーペで見て、カセットテープで試験問題を聞きながらサインペンで答えに印をつけました。時々手を挙げてトイレに行ったりして、体調管理に気を付けながら初日を終えました。翌日は、針・灸の試験で、140問は同じで残りの10問が異なっていました。かくして、第一回の国家試験を受けることができ、結果発表は30日後と決まっていました。

1993年3月1日、晴れの卒業式を迎えることができ、家から家内がワゴン車で来てくれ、寝具や生活用具を車に積んでから、卒業式に出ました。若い数学の石川先生がはかま姿で卒業証書を所長に手渡して所長から19名のクラスメートが各々受け取りました。式が終わってから、家内と棟形先生に挨拶に行き、稲田先生のところでお茶をいただき、自宅に帰ってきました。3月20日、試験結果が発表になっているはずなので、担任の秦野先生に電話したところ、3科目とも合格していました。半分の人は、あんま・指圧・マッサージの科目だけで、全部不合格の人もいたとのことでした。とりあえず、私は、両親や家内と子どもたちに対し面目が立ったのでひと安心でした。

会社に復帰しお客様に挨拶に行ったところ、あまりにもいい加減な製品を販売していたことを厳しく指摘されてしまいました。今後そのようなことがないよう私の責任によって改善し、信頼できる製品をお届けすることを誓ってきました。

第4章　盲人社長

A　株式会社トチアンの歴史

1．大正9年9月15日創業

石川家の家業である製餡業は現在、株式会社トチアンとして、栃木市で事業を継続しています。

祖父母の石川政吉、ナカがどのようにして栃木駅に近い河井町で株式会社栃木製餡所を創業することになったのか。私は詳しい経緯を知りません。記録によると、１９２０年（大正9年）9月15日創業とあります。

１９２０年は、第一次世界大戦が終わって（１９１８年終結）国際連盟が発足し、日本が常任理事国の一員になった年、スペイン風邪が大流行していた時代です。栃木製餡所は二階建てで、一階は工場と座敷、二階は居室になっていました。裏には二階建ての蔵がありました。

あんこを作るのには、竈門に大きな釜を乗せ、薪で小豆を煮上げ、それを石臼でつぶし、篩にかけて皮とあんこに分離して、それを水槽であんこの部分を冷やして不純物を取り除き、袋に入れて、油圧機で今度は水分を取り除きます。それを木綿袋に入れてお客様に自転車で届けたのが始まりです。生あんは、水分を含んでいるので、傷みが早く、夜中に作ったあんこをできるだけ早くお客様に届け、それをお客様が砂糖を入れて練り上げ、饅頭のあんこやあんパンに加工します。つまりわが家業は、饅頭やあんパンの中味の製造から始まったということになります。

1922年10月15日には、私の実母石川イサが生まれます。

母はいつも、翌年の9月1日に発生した関東大震災で、工場の水槽の水が大きく揺れたことを臨場感たっぷりに話してくれました。でもよく考えると、大震災当時、母はまだ一歳にもなっていないのです。工場に出入りしていたとしても、祖母に抱っこされていたに違いなく、自分の目で見たというのは少々眉唾ものです。おそらくは周りの大人たちが方々で語る大震災のエピソードが、幼い母の記憶として注入されていったのでしょう。

ほどなく、日本は昭和の大恐慌、そして15年戦争へと突き進んでいきます。太平洋戦争となり、戦争遂行のための戦時体制は、人々の生活にもじわじわと浸透していきました。やがて統制令により、小豆などの原料を自由に買うことができなくなりました。小豆もなく砂糖もなく、和菓子などは贅沢品として庶民の口には入らなくなってしまいました。

製餡所は政府の命令により軍需工場として没収され、祖父は近衛兵に招集され、母は代用教員として、県内の藤岡町の小学校で先生をしていたことがあったそうです。私が子どもの頃には、「先生いますか」と自宅まで母を訪ねて来てくれた人がいました。

2．家業の再開

戦争が終わり、私の父は兄が戦死してしまい、逆縁として大平町土与の農家から自転車一台の婿入り道具を持って、石川家に入り、山根信也から石川信也になったのが21歳の頃でした。翌年１９４７年12月９日、私が生まれました。母はひとり娘で、父の４歳年上でした。

父は婿として来て、早速家業に就きましたが、食糧をはじめあらゆる物資が配給制で物不足の時代でした。あんこ屋さんをやりたくても小豆などの原料は入りません。そのため２年ぐらいは栃木市役所に勤めました。

父は市役所に勤務しながら、一方で乾物屋さんを回り、小豆を少しずつ買い集めたそうです。もちろんあんこ作りの再開のためです。何とか原料が手に入るようになり、本格的に家業を再開したものの、市内の同業者の方が早かったため、戦争前にお得意様だった取引先のほとんどが同業者と取引せざるを得ず、栃木製餡所は多くのお得意様を失ってのスタートになりました。

１９５２年に群馬銀行から５万円の融資を受けて法人化。資本金１１０万円の有限会社栃木製餡所が誕生しました。トチアンの第二世代です。

１９５３年、父はまだ売り出したばかりのオート三輪、ダイハツミゼットと２５０ccのメグロのオートバイを購入します。これにより自転車での配達よりも、早く多く、お客様に届けることができます。工場でも、業務用冷蔵庫を導入。配達に合わせて夜中に作っていたあんこを、日中に製造して冷蔵しておくことができるようになりました。これで、かなり能率が上がるようになりました。

しかし、一度離れた得意先は、「再開しましたから」と挨拶に回っても、すでに同業者との人間関係もできあがっています。そう簡単に取引していただけるようにはなりませんでした。

そこで父は、砂糖や小麦粉、上新粉などのほかの和菓子の原材料や、折箱からかけ紙までの容器類まで、トチアンに頼めばなんでも揃うという、あんこだけでなく付加価値を備えた問屋機能を有する業態に進化させていったのです。そうしなければ生き残れないという危機感の表れでもありました。

市役所に勤めながら家業再開の準備も進めていた父は、器用な人でもありました。保険の代理店をやったり、ビジネスホテルの清掃やシーツ交換の会社を起こしたり、栃木ライオンズクラブの創設にも参画したりと、本業以外にもいろいろなところで活躍していました。そうしたバックボーンは、仕事だけでなく、私が今進めているさまざまな活動に、大いに寄与しています。今の私を作ったのは、父譲りと言っても過言ではありません。

3．第二の創業

20歳で家業に入った私は、近隣の得意先に配達をしておりましたが、視力の低下が進んだことにより免許の更新ができなくなり、それまで担当していた配達業務ができなくなってしまいました。車の運転ができないとなると、会社の中での居場所がなくなってしまいました。

そうでなくても、暇さえあれば仲間とお祭りや観光地に出かけたり、仕事よりも何か別のことばかりに熱中していた私は、真面目に仕事に取り組んだという記憶がありません。

その状況を見かねた父は、東武鉄道に勤務する叔父が市内の大平町でやっていたさつき畑を借りて、18坪の工場を造ってくれました。その工場で、砂糖を加えた練り餡製造や、新しい製品の開発をするようになりました。症状の進行で配達ができなくなった私は、逆にここで初めて家業に専念することになったのです。

B　福の神が現れる

1．鈴木正一さん

あるとき、埼玉県熊谷市にある食品問屋、株式会社平松の営業担当の鈴木正一さんのアドバイスを得て、つぎつぎと新製品の開発を依頼されるようになりました。できた製品は平松さんが全部買い取ってくださいました。それに熊谷市で創業した江戸時代から和菓子の名店として店舗展開をしている、株式会社梅林堂の社長さんを紹介していただいたのも鈴木さんの伝手です。父を連れて伺ったところ、梅林堂さんで一番の売れ筋の白黄味あんを使用した『旗がしら』のレベルアップを図りたいという要望を頂戴しました。地元の製餡所にお願いしたもののうまく進んでいないので、他社を探しているとのことでした。さっそく持参した白黄味あんを練り上げていただくと、トチアンの製品の方が美味しく満足度が高いということになり、それから45年にわたって納めさせていただくことになりました。

同じく鈴木正一さんの依頼で、大納言小豆を砂糖蜜に漬け込んだ新製品も開発しました。このかのこ豆という製品を使って、宇都宮のフタバ食品株式会社さんから新商品を開発したいと引き合いがありました。大納言と栗をゼリーで固めた製品にしたいとのことでした。大手をはじめ数社から大納言を取り寄せたところ、トチアンの品質が一番よいが、値段が折り合わないので何とかしてもらえないかとの話がありました。フタバ食品は、栃木県の地場産業として東京証券取引所に上場している会社です。安くしたからといって零細なトチアンの製品を使うことはないのではと思い、「値下げには応じかねます」と御返事したところ、どうしてもトチアンの大納言を使用したい、ついては入り目を減らしてでも使いたいと工場長自ら言ってくださるほどでした。その話を聞いて、私は、これは冷やかしなどではなく、弊社の製品を使用したい気持ちは本物と考えました。シーズンがくると10トンものご注文をいただきました。

そこで初めて、価格の一致をみることができました。

平松の鈴木正一さんがトチアンの担当になる前は、同社の社長さんが宇都宮に営業に行った帰り道、直々にトチアンに寄って、ただ、集金をするだけで帰ってしまいました。それが鈴木さんの依頼による製品が軌道に乗り、トチアンが購入する金額よりトチアンが支払いを受ける方が大きくなってしまいました。鈴木さんは余計なことは話しませんが、取引先の大手の社長さんたちから何を聞かれても的確な回答のできる人で、とても信頼のおける方でした。

川越市のくらづくり本舗で、『ぽくぽく』というさつま芋のお菓子を販売していました。川越といったらさつま芋の名産地でもあります。「栗（九里）より（四里）うまい十三里」とは川越から江戸の距離が13里であることをもじってさつま芋の美味しさを謳った言葉です。その川越を代表するお菓子として、従来はさつまいものパウダーを材料をとして使用していましたので、風味のよい生のさつま芋を使用したらどうかと進言し、そのさつま芋の餡をトチアンで作ることになりました。

最初はさつま芋を庖丁で賽の目に切り、それを皮と中身に分離させてできたさつま芋のあんこを冷凍し、くらづくり本舗に納めました。生さつま餡を切らさないために冷凍倉庫を造りました。その冷凍庫を活用して、業界で初の、関東一円にクール宅配便で生あんを販売できるようになりました。鈴木さんおかげです。車が乗れなくなり新しい商品を開発することができるようになりトチアンは軌道に乗ることができました。

いろいろ話を聞くと鈴木さんに助けられた会社はいくつもありました。
こうして、トチアンの製品が広く販売されるにしたがって、それまで取引のなかったお客様からの問い合わせも増えてきました。

2. 株式会社八起の誕生について

鈴木さんは、平松の先代社長さんの時代に一時代を築いた方で、次第に現社長や営業部の方々と互いにソリの合わない関係になっていきました。その関係はついに、平松を退職して新会社を作ろうという事態となります。鈴木さんは、最後まで和解に力を尽くしましたが、ついに不本意ながらも決裂に至ります。鈴木さんは、行動をともにする8名と株式会社八起《やおき》を創業し、社長に就任しました。

特に親しくしていただいている鈴木さんですから、これを機会に、トチアンとも全面的な事業協力を図ることになりました。平松の時代には取引がなかった冷凍生あんは、新会社の目玉商品として全面的に販売していただくことになりました。このことで、トチアンにとって飛躍するきっかけができました。

そんな旺盛な事業欲を持つ鈴木さんですが、1992年に脳梗塞を患い、一時は歩けるまでに回復されましたが、しばらくして脳梗塞の再発によって亡くなってしまわれました。鈴木さんとの出会いこそ、今日のトチアンの存続の最大の出来事でした。弊社の発展に、もっとも貢献してくださった大恩人です。もし、長生きしておられたならば、今のトチアンの事業規模は2倍になっていたと思っています。鈴木さんの力はそれほど大きかった。私はそう思っております。鈴木さんは、営業マンですが、お饅頭など自分で作ってしまえるほど細部にわたっての知識が豊富で、顧客への労苦を惜しまない人でした。

鈴木さんは、「これからの時代は和菓子屋さんは職人がいなくなり、お店の品揃えが少なくなってくるので、店頭で売れる商品を開発しておいた方がいいですよ」といつも話をしてくれました。

皮をむき、芽を取り、輪切りにしてふかしたさつま芋に砂糖を加えて、それを長方形の型に入れて、固めるという芋羊羹。この、寒天も使わず、芋の凝固性を利用した芋羊羹を勧めてくれたのも鈴木さんです。この芋羊羹は、トチアンの一番自慢の商品になりました。

弊社では、今でも手で芋の皮むきをしています。さつま芋もそれに適した時期のものしか使っていませんので季節限定の商品となります。

3．冷凍生あん

あんこは小豆の皮を取り、中身のでんぷん質の部分を油圧機で搾って水分を抜いて作ります。これをこしあんといいます。油圧機で脱水しても、まだ水分が60パーセントもあり、夏には3時間も経たないうちに腐敗が始まります。冷蔵庫のなかった時代は、夜中に作ってできるだけ早く得意先に配達しなければなりませんでした。

そのため、配達できる範囲はせいぜい隣接する町までと範囲が限られます。それがネックとなり、戦後間もない時代には全国に800軒ぐらいあったといわれていたあんこ屋さんは、今では200軒になってしまいました。

45年ほど前に、和菓子の先生の山崎一さんに味噌あんとりんごあんの試作をお願いしたことがあります。このとき山崎先生から、「いずれ、生あんを冷凍して販売する日が来ますよ」と指摘されました。

トチアンでは、年末にスーパーに卸す400グラムの生あんは冷凍して納入していました。ただ、業務用の生あんを冷凍して販売することまでは考えていませんでした。

私は、いつもこのことが気にかかっていました。茨城県石岡市にある冷凍よもぎを製造している会社に行ったとき、よもぎを茹でて、それを1キロずつ袋に入れて、薄く平らにしてシールをしてから手製のワクに置き、それを冷凍して、箱詰めして製品を作る過程を見ました。私はこの方式で生あんを冷凍できるのではないかと考えました。冷凍した生あんは、お客様が解凍してそれぞれに使用できるようになります。

会社には、プラスチック製の番重（薄型の運搬容器）があったので、それを利用してビニール袋に５キロの生あんを入れてシールをしたら、ちょうどよい大きさと厚さになりました。段ボール工場に発注し、それを２枚重ねて入れる箱を特別に作ってもらいました。輸送はヤマト運輸のクール便で取り扱うことになりました。クール便は、運賃の負担が増しますが、日本中どこにでも送ることができるようになります。

あんこ屋さんの廃業が相次いで、原材料の不足による連鎖廃業ともいうべき事態に直面していた全国の和菓子屋さんにも利用していただけるようになるのです。得意先が減少していたトチアンとしても、新規のお客様を開拓する画期的な新商品の誕生となります。鈴木正一さんが創業した八起さんが、問屋として砂糖や小麦粉と一緒に冷凍生あんの販売を引き受けてくれることになりました。

これは、業界初の新機軸となりました。冷凍であれば、生あんを必要としている全国の業者に届けることが可能です。このアイデアは、誰も気付かなかっただけで難しいことではなく、特許ではありません。今では何社かが、同じ形態で冷凍生あんの製造・販売をしているほどです。

しかも、トチアンも出展した２０１２年６月に東京ビッグサイトで開催された世界食品展示会では、弊社の営業部長を質問攻めにした挙句、その営業部長を自社に引き抜いて冷凍生あんのノウハウと販路を盗むという、まさにトチアン潰しの暴挙に出た大手の製餡所がありました。

同業者といえども、私の知りえるノウハウを公開するという性格が災いをもたらす結果となってしまいました。

C 新工場の建設

1．建設用地を探す

私が50歳を迎えた頃には、やがて事業継承の問題に直面することがわかっていました。今ある本社と第2工場の外観と設備は、（1）得意先に工場をお見せするのも恥ずかしいくらい老朽化している。（2）自分がトチアンに勤めるとしたら、やぼったくてちょっと働き甲斐がない。（3）若くて能力のある人は、殺風景な社屋と古い工場のせいで働く場としてはトチアンを選ばないと思う。

私には長男がおりますが、社長としてあとを継ぐのは、健康状態の面からも難しいという事情がありました。

次善の策として、社内から社長を任せることのできる従業員を育てることが一番です。

それには、能力のある若い従業員が勤めたくなるような、洗練された工場が必要ではないかと考えました。

結果としてそのような人材が出てこずに、事業継承がうまくいかなかった場合に備え、事業を買収してくれる人が出てくるような会社にしておくことも、考えなければなりませんでした。

結論として導き出されたのは、オフィスと工場の刷新です。

そうした考えを実行に移すには今しかないと決断し、新工場の建設予定地を探し始めました。やがて、本社からも私の自宅からも車で10分という好立地の場所が見つかり、建築許可も下りることがわかりました。

残土置き場になっており、道路に面した入口は18メートル、奥行きは50メートル、１１００平米の南北に細長い地形です。一番奥に原料倉庫を造りたいと思い４トン車が奥まで入れることを確認できたので、その土地に建設することを決定しました。

2．盲人には融資をしない

用地は当面は借地としてもらい、建物の予算を１億2千万円として、工場内の設備は今までの設備を流用することにしました。このような基本計画を立案しましたが、あんこ屋さんの労働環境における最大の問題は、大量に発生する蒸気で、夏などとても仕事ができる環境でなくなってしまう点にありました。そのため、大阪の製餡機械製造会社の大塚鉄工所（現オオツカ工業）の社長さんにお願いして、福岡をはじめ4つの工場を見学させていただきました。

どの工場でも、蒸気の問題が深刻でした。衛生状態を考慮して外気が入らないようにした工場では、カビの発生にほとほと困っていました。結論としては、蒸気は大型換気扇で外に吐き出すにしても、夏の暑さ対策はどこもしていませんでした。

さしたる成果がないまま見学旅行も終盤に差しかかったとき、社長さんと奥さんの二人で生あんを作っている会社に行きました。そこで、水槽に落とした熱いあん汁に、氷を盛んに投入しているのを見たのです。これが、のちに製餡業界の大問題を解決するヒントになりました。

工場を建設するための構想が固まってきたので、メインバンクである栃木信用金庫と足利銀行に事業計画書を見てもらい、どのくらいの融資をしていただけるか話し合いをしました。ところが、二行とも「こんな時期に投資をすべきでない」と話を聞いてくれません。二行とも弊社は借入以上に預金があり、日ごろは借入を必要としませんでしたが、大きな設備投資をする際に、協力をしていただくべくあえて借入を行い、支払い金利を年間20

0万円納めてきていました。それもこれも、事業を見守ってもらうとともに、大型支出に備えてバックアップしてもらうという心算があったからにほかなりません。それをまったく取り合ってくれませんでした。

要するに、全盲の社長に融資したことがないので、リスクを避けるために融資を認めることはなかったのです。（事業が失敗し、融資額が回収できなかったときに、何でそのような会社に融資したのかという責任問題になるのを嫌ったという実情がわかってきました）

地元企業を育成し、事業を発展させる役割を担っているはずの金融機関が、事なかれ主義に陥って本来の業務を放棄しているのです。納得のいかない私は信金中央会と保証協会に電話しました。「それが理由だとすれば差別行為になるので、銀行に指導しておきます」と言ってくれましたが本当のところはどうだったのか、今でも真相はわかりません。

トチアンの財務状況は良好でしたが、そうは言っても新工場建設を全額自己資金でまかなう訳にもいきません。どうしたものかと思っていたところで、政府系金融機関の国民金融公庫（現日本政策金融公庫）に電話をしてみました。社長の私が全盲であるために銀行から融資の話を聞いてもらえないと説明しました。公庫ではそんなことはありませんからと、栃木市商工会議所での説明会で面談を設定してくれました。事業計画所を持参して面談に臨んだところ、あくまでも事業内容で判断しますと言ってくれ、正式に融資を申し込むと、

5千万円を15年返済で融資が下りることになりました。条件として、現在ある本社と住宅の土地と建物を担保として提供してくださいということで融資が本決まりになりました。

後日、佐野市にある国民金融公庫で融資の手続きの日が決まったのはよかったのですが、半年もの間、トチアンに対して懇切丁寧に協議を重ねてくれた職員が異動になるというのです。その職員さんには、この融資に父は関係しなくてよいのですねと念には念を入れて申し伝え、保証人は私と家内だけ、お父さんは関係ありませんと言われていたのです。ところが新しく担当になった職員さんは、「調印当日は、会長であるお父さんもご一緒にお願いします」と言ってきます。前任者からは関係ありませんと言われていたことを伝えても、「私たちの判断です」との一点張りでした。言われた通り、契約日に父にも一緒に来てもらうと、真っ先に父に署名を要求してきたり、前任者とまったく異なるその他の条件を持ち出してきます。前任者に提示されていた条件を示しても、「私たちの決定です」と言われ、仕方なしに要求を受け入れ帰宅しました。

その夜、夕飯の席で父から、「よくも自分を騙したな」と言われました。私は前任者との約束を引き継いで契約を履行してもらうのが当然だと思っておりましたが、あまりにも威圧的な職員の態度にがまんするしかありませんでした。父としても、契約の日に調印の場で持ち出された話が聞いていたものと異なり、それはそれで不本意ながら署名捺印せざるを得なかった心情はわかります。

私は、金融機関にあるまじき行為を働いた公庫の担当者に相当に立腹していただけでなく、何でオヤジに嘘をつかければならないのかと、三日三晩は悔しくて飯も喉を通らず、眠ることもできませんでした。

その3日目。たぶん父のところに銀行に勤めている弟が来ているはずです。改めて、なんで自分が親に嘘をつかなければならないのかと、怒りがこみ上げてきました。

「私を信じられないのなら、目を返せ。こんな目をもって生まれてこなかったら、こんな悔しい思いをしなくて済んだはずだ、盲目に産んだのは親のせいだ」と、悔しさを爆発させてしまいました。

このときは、不誠実な金融機関よりも、親に嘘をつくような私だと思われたことの方がより悔しかったのです。

3．工場建設が始まる　間取りはイメージで

資金のめどがついたところで、工場の設計も考えなければなりません。

昭和の人間ですので、間取りは尺貫法で思い描きます。尺貫法の1間（1間は約1・82メートル）と1坪（1坪は1間×1間で約3・3平方メートル）の組み合わせです。

幅6間を基本として、一番奥はボイラー室に2間割くと、原料置き場は差し引き4間になるといった具合です。あんの製造所、菓子の製造所、クリーンルームは2×3間。玄関、事務所、社長室、男女別トイレと更衣室、食堂、低温倉庫、冷凍庫、生あんの冷蔵庫など、あんの製造所から幅一間の廊下を通って出入口までは直線で繋がるよう、各室の役割と導線の考えを頭の中で巡らせます。

1952年施行の計量法の導入に伴って、1958年以降は、取引や証明に尺貫法を用いることは廃止されました。しかし現在でも、日本家屋の設計の際に用いられたり、建材のサイズに適用されています。

あんの製造所に関しては従業員の中から、手先が器用で熔接なども得意とする羽鳥正巳さんに、煮釜や製あん機、水槽、油圧機などの設置の詳細を、謙正機械製作所の社長さんと打ち合わせをしてもらいました。謙正機械製作所は、弊社でもずっとお世話になっている製あんの機械や煮釜の製造を行っている会社です。

工場は新設するものの、煮釜やあん練り釜など、使えるものはできるだけ移設して使い続けたいと思いました。水槽など、他県で廃業した同業者のものを譲り受けたものもあります。建設費の倹約という面もありますが、道具を大切に使い続けるのは製造業者としての基本ではないかと考えたためです。

やがて、北側道路に面した東西に6間、南北に28間、168坪（約544・4平方メートル）の新工場の図面が、私の頭の中にできあがりました。

1級建築士に図面を引いてもらい、施工業者に見積りも依頼しました。測量会社に依頼し、隣接地との境界を確定し、地面を整地したり電気工事も行います。上がってきた見積りは、建物だけで9000万円以上の金額です。知り合いの建築業者には、おおまかに7000万円ぐらいだろうと聞いていたので仰天しました。ところが、「他社と比較したら高すぎるのではないか」と言ったらいきなり2000万円も下げてきたのです。

地主さんが建築業者なので、当然のこととしてお願いするつもりでいましたが、あまりにも非常識な見積りを出してきて、ひとことで2000万円も下げてくるような業者に一世一代の事業を任せられないと思いました。そこで、父親の友人の建設業者にお願いすることとしました。

2003年6月に土地の造成から始めた新工場建設は、翌2月には建設業者から引き渡しを受けることができました。得意先に品切れを起こさないよう、製品を作り溜めしておく必要もありました。新工場の操業開始も楽しみでしたが、もちろんさまざまな不安も拭いきれません。

空っぽの新工場に元の工場から機器類を移設し、新規や中古の購入分も合わせて設置し、操業停止は最小限にとどめることができました。

事務所の机の並べ方を決めるのには、私は自分のズボンからベルトを抜き、それを物差し代わりとして活用し「あーでもないこーでもない」と寝ずに決めていきました。何事も自分で実地にやらないと気が済まないのです。

2004年2月23日、新工場の操業を開始しました。

この工場を建てるに際し、隣接する桑野さんは車の代行運転業務に携わっておられましたので、昼間は寝ているのにもかかわらず工事の騒音にも苦情を言わずにがまんをしてくださり、心より感謝しました。一方の東側の田んぼの持ち主からは、田んぼの境から1センチでも踏み入らないように念押しされ、北側の道路ではコンクリートミキサー車を駐車しただけで110番通報されてしまい、パトカーが出動してきたこともありました。

とはいえ、大きなトラブルもなく、開業の日を迎えることができたことは、感謝に堪えません。

4. 母親の急逝

母親は、生まれ育った製あん所がなくなり新工場に移ることが寂しいのか、一度も工場の建設現場に来ませんでした。

新工場の完成が目前に迫った1月14日、退勤する従業員らにバイバイと手を振って送り出し、家族みんなで夕飯を食べ、私は自宅に帰ったところでした。

2年前に新築した家は建坪80坪で、3世代が同居できる広さでしたが、今の場所から離れたくないと言って、私たちと同居することはありませんでした。

翌朝、家内が会社に行くと、2階で寝ていた母親が苦しそうにしていたので救急車を呼びました。家内は119番と電話をつないだまま、電話口で指示を受けながら救急車が着くまで心臓マッサージを施しました。

母は自宅近くの医師会病院の緊急治療室に搬送されました。容体はかなり悪く、蘇生措置を施している状態でした。私が着くと、医師は「どうしますか」と聞いてきます。近くに住んでいる兄弟姉妹に連絡を取ったので、みんなが来るまでもう少し待ってくださいとお願いをしました。10分もしないうちに兄弟4人が揃ったところで、ご臨終ですと告げられました。

みんな何が起きたのか受容できず、悲しいとか涙が出てくることもなく、無言のまま自宅まで連れて帰るのみでした。僅か2時間の出来事でした。

悲しんだり気落ちしたりする時間もないほどに、葬儀の準備が始まりました。

40年前、一緒のふとんで寝ていた祖母が私を寝かしつけた後に近所の家に出かけ、踊っている最中に倒れて、翌朝戸板に乗せられて私のところに帰ってきたときの記憶が蘇りました。

また、塩原視力センターの研修で、自治医大の解剖室を訪れて本物の死体を触ったとき、複雑な機能を持った人体に生命が宿っているという事実は実に神秘的だと思ったことも思い出されました。

人間は簡単には死なないものと思っている人が大半でしょう。しかし、人間は生きていることが不思議なのであって、心臓などは簡単に止まってしまいます。誰も一寸先は、自分がどうなっているかわからないものです。それゆえにこそ、意識が働いている今を真剣に生きていくことを私は信条としているのです。母親とすると80年生まれ育った自宅から離れたくないという一心で新工場を見ることを避けたものと思っております。

5. 銀行の問題再び

父は、私が家業を継いで社長に就くとき、私の障がいのために社会から不合理な仕打ちを受けるかもしれないと考え、家内も代表取締役として法務局に届けてくれました。栃木信用金庫以外は、借入やその他、重要な書類も家内の代筆で通用しましたし、私の代わりに役所などに行くときは、私の顔写真付きの住民基本台帳のカード（現在のマイナンバーカード）を見せればすべて事足りていました。信用金庫だけは、当座預金の開設も資金の借り入れも、いまだに家内の名義になっており、いくら言っても変更してくれないのはどういうことでしょうか。

このことは視覚障碍者だけの問題でなく、麻痺などで身体の不自由な人など、自筆で署名できない人々の問題ではないかと考えました。佐野短期大学の教授も務められた全盲の日比野清さんには、地元信金を相手にするのではなく日本一のメガバンク三菱ＵＦＪ銀行を相手に裁判を起こしたらどうかというアドバイスをいただきました。『光への挑戦』という、失明した著者の著作でも、運送会社の社長さんが失明したとたん、銀行からの融資をしてもらえなくなったエピソードが書かれています。

この話を日比野先生としていると、宇都宮に新設された三菱ＵＦＪ銀行のパンフレットが届きました。私は、全盲であり、自筆で署名ができないこと、地元の信金での融資が受けられないことを、文章にして送りました。三菱ＵＦＪ銀行から電話があり、「当行では、あくまでも決算書で判断します」とのことで、二期分の決算書を手渡しました。結果報告があり、５千万円まで年利２％で融資してくれることになり、２千万円を運転資金として５年返済で借りることができました。

入野登志子さんの紹介で、遠藤乙彦財務副大臣にお会いすることができ、この話をすると、「それは金融庁の問題ですね」と言われました。後に国民新党の自見庄三郎さんが金融庁長官になったとき、「障がいを理由に融資を断ってはいけない」との通達を各銀行に出してくれました。私のように会社を経営している者だけの問題ではなく、もちろん住宅ローンや教育ローンを借りる人もいるはずで、障がいを理由に融資を断られている人がいるとしたら、それは障碍者差別であることは明白です。

D　徳川家康との出会い

23歳の頃は、目の病気がわかったり、大金を大晦日に置き引きされたりと、悪いことが重なりました。あくる年、これまで初詣になど出かけたことがありませんでしたが、1月2日に京成電車に乗って、駅前からお土産屋さんが立ち並ぶ参道を歩いて、成田山新勝寺の石段を登り、本堂に上り御護摩をしていただきました。お札をもらい、帰り道は石段ではなく、左側にゆるやかに下りていく女坂を下りました。

縁起物などを売る露店の中に、周囲を白い幕で囲った店があります。そこに足を止め、右手を出すと、大きな虫メガネで私の手のひらを見ながら、「あなたの手相は、徳川家康と同じです」と言ったのです。織田信長、豊臣秀吉、徳川家康は戦国時代の三傑として知っていましたが、田中角栄内閣総理大臣が誕生したとき、百姓の子が、学歴もなく総理大臣まで上り詰めたことを今太閤と新聞などが誉め称えていたことを覚えています。私はどちらかといえば豊臣秀吉が好きで、徳川家康のことは、ずる賢い狸じじいぐらいにしか思っていませんでした。

翌年も成田山新勝寺にお参りし、女坂を下ってくると、同じ場所に手相を見る易者がいます。黙って右手を出すと、同じように大きな虫メガネで見ています。易者はいろいろな手相と名前が大書してある看板を指差して、「この生命線は徳川家康と同じです」と言ったのです。占い師は別の人ですが、前年と同じことを言われて、私も少しは興味が湧きました。翌日地元の本屋に行き、棚の一番高いところに山岡荘八の『徳川家康』（講談社刊）を見つけ、買って読みました。

『徳川家康　第1巻　出生乱離の巻』は、「竹千代（家康）が生まれた年、信玄は22歳、謙信は13歳、信長は9歳であった」で始まります。応仁の乱以来１００年以上続いた戦国時代を終結しようとした武将の年齢から書き出してありました。幸いにも本を読むだけの視力はあったので、「第26巻　立命往生の巻」まで、半年で読むことができました。

私が、一番感銘を受けたのは、弱小豪族の長男として生まれた家康が生まれて間もなく母と別れ、父親が殺害され、6歳からの人質生活は尾張で2年、駿府で12年にわたり、人格形成するもっとも大切な年頃を自分の意思を直に表すことなく耐え忍んで成長した点です。

そのような環境において家康は、人生を自分の意思にしたがって生き抜くことを、心底から身に付けていったのではないかと思いました。『徳川家康』を読むまでは、私は、がまんをすることができず、すぐ感情を顔に出すような、わがままな生活を送っていたように思います。世間の目を気にして、よい人に見られたいという、極めて見栄っ張りなところがありました。

例えば、パチンコ屋さんに行くにも、あそこのせがれがパチンコに行っていると言われるのがいやで、なかなか行くことができませんでした。世間がどのように思おうが、私は私だということを、『徳川家康』に教えられたのです。それ以来、世間の目を気にして生きるのではなく、自分の意思にしたがって生きることができるようになったように思います。何事が起きようと、自分の意思で行なったことなので、間違っていたらすぐに謝ることができるようになりました。この本によって、背伸びした人生を送ることから解き放たれたのです。世間の目を気にしない生き方は、とても楽な生き方でした。

家康は勉強家で、新しいものにも関心があり、健康のために自分で薬草を育て、生薬を自ら作っていました。家康は信長と同盟を結びますが、信長から正室の築山殿と長男の信康を切腹させよという理不尽な命令に対して、同盟といっても対等同盟でないことを熟考し、命令を聞かざるをえませんでした。

家康にとって最大の敗北は、三方ヶ原の戦いにおいて、勝てそうもない信玄の陣営に戦いを挑み、這々《ほうほう》の体で浜松城に逃げ帰り、信玄の急病に命拾いしたことです。

三英傑の、敵対者への対応の仕方にその性格がよく表れています。

信長は、比叡山焼き討ちや、長島一向一揆の制圧などの際、女子どもまで虐殺したと伝えられています。長篠の戦いで武田家は滅亡しますが、信長は武田家の家臣を許さず、家康は穴山梅雪などは許して家臣に迎え入れています。また、家康のもっとも信頼した本多正信などは、主君を裏切って一向宗の当目として戦い、その後各地を流浪したのち、家康に許されて一番の腹心になりました。

私にとって徳川家康は、山岡荘八の小説によって出会った歴史上の人物に過ぎません。これまで3度読み返して、いつも心に残るのは、大坂夏の陣において、自分が最高権力者であるにもかかわらず、豊臣秀頼を助けることのできなかった自分の限界にさめざめと泣くくだりが書かれている箇所です。時代の大きな流れは、それさえも許してくれないのかと思いも致します。

「人事を尽くして天命を待つ」とは、「力を尽くして天の意志に任せる」です。「人としてできる限りのことを尽くしたら、あとは静かに天の意思に任せる」という心境のことわざです。何事も、自分の思い通りにはいかないということだと思っています。

E　第3の門出　工場建設は正解だった

1．実はあまり自信がなかった

１９２０年（大正９年）に、祖父と祖母が株式会社栃木製餡所を創業し、１９５３年（昭和28年）、父と母で有限会社栃木製餡所を再開し、ついに２００４年（平成16年）、私と家内で株式会社トチアンの、第３の創業を果たしました。

父からすれば、斜陽の業界で、しかも私が全盲というハンディを持っているのに、何と無茶なことをと、心配で夜も寝られなかったのではないかと思います。

しかし、新しい工場の成果は早く出てきました。

あんこ製造を機械化して大量生産を可能にした「包あん機」を発明し、和菓子やパンの製造機械で国内だけでなく世界的に有名なレオン自動機という会社が宇都宮にあります。

同社の営業部長を務められた鈴木耕作さんが定年退職し、小山市にある上新粉（米粉）製造会社である株式会社日の本穀粉の営業アドバイザーに就かれた機会に、日の本を訪れたお客様をトチアンに連れてきてくださいました。

そうするうちにトチアンの営業顧問になってくださり、新潟や東京などの大手のお菓子屋さんを紹介してくださり、大口の得意先が増えることになりました。売り上げと利益の出るトチアンになったのです。

あんこを製造する現場は、大きな釜で豆を煮たり、砂糖を加えて味の付いたねりあんを製造するのに大量の蒸気が発生します。特に夏の暑い日などは過酷な現場になってしまいます。それに現場には、箸より重いものなど

トチアン工場内

持ったことのない若い従業員も入ってきます。製造現場をいかに省力化し、暑さ対策をするかに毎年、多額の設備投資をし、働きやすい環境にすることに尽力しました。

2011年（平成23年）5月22日には父親が亡くなりました。目の治療で北京に8か月、針・灸・マッサージの国家資格を取るために3年半、私が家業を離れていた間、「俺が頑張る」と言って、家内とともに努力してくれ、挙句の果てに新工場を建てるという私のわがままを受け入れ、どんなに不安を与えたかわかりませんでしたが、結果的にトチアンの売り上げと利益が順調に伸び優秀な従業員が入社してくださったのを見て、安心して永眠したのではないかと思っております。

2. パソコンとの出会い

私は新工場ができてから、社長室でパソコンを活用して、テレビ東京の『WBS』『ガイアの夜明け』『カンブリア宮殿』など、経済番組を見て、ヤフーニュースや下野新聞などの最新ニュースに必ず触れて、安生副社長や小林工場長にメールで転送したりしています。日本点字図書館にあるサピエ図書館からは、週刊誌や月刊誌を携帯レコーダーにダビングし、興味を持った本があったらアマゾンで取り寄せてみなさんに配布しています。

PCも、高知システム開発が視覚障碍者のために開発したソフトを使用しており、とても便利になりました。とはいっても、マウスでなくあくまでキー操作でカーソルを動かすので、何度もキー操作を繰り返さないと読めるようにならないし、テキストファイルを読むことは簡単にできるが、写真などが多いとその部分は読み上げられないので、ますます複雑なキー操作をしなければならなくなるのが悩みどころです。

文章を書いたり読み上げたりすることは容易になり、メールも簡単に送信でき、ユーチューブなどを観るのも楽になってきました。テレビ番組はオンデマンドで視聴でき、櫻井よしこさんの『言論テレビ』などは年会費1万円で観ています。『新日本文化チャンネル桜』『文化人放送局』などのインターネット番組を観ることが多く、テレビは午後7時のニュースしか見なくなりました。パソコンが便利なためです。

インターネット番組のおかげで新しい情報を容易に得ることができ、ある程度はこれからの予想ができるようになりました。本を読む時間が増えて、体調管理には、火曜日と木曜日に筋力トトレーニングを3時間。日曜日はタンデム自転車で市内を2時間走行しています。

75歳を迎えますが、今がもっとも青春を謳歌しているといえるかもしれません。しかしながら、タッチパネル方式のスマートフォンやｉＰａｄ等、目で操作することと同時に、動画やアニメなどが増えてきたのにまだ現在はついていけません。しかしながら、高知システムの視覚障碍者用のソフトのおかげで社長業を続けられたと思っております。

F　事業承継

1．東日本大震災

２０１１年（平成23年）３月11日午後２時46分、東日本大震災が発生したとき、私は、社長室で羽鳥政巳さんと工場の修理のことで話をしていました。「地震だな」と思っていましたが、徐々に横揺れが始まり、普段なら10秒程度で収束するはずが、だんだん揺れが大きくなります。揺れている時間も長く感じます。

「これは大きいな」と羽鳥さんと話をしたら停電になりました。会社の製造現場では、あんこを作っていたので、現場に向かって大丈夫かと大声を張り上げました。ところが現場では、地震の揺れも感じることなく仕事をしていたというのです。

羽鳥さんが、自家用車のテレビを見にいくと、震源地は宮城県沖でマグネチュード９・０の大地震で、津波が発生していると知らせてくれました。停電で工場内が異様な静けさになりました。冷蔵庫も冷凍庫も停止したので、冷却するための室内機が停止したのです。製造現場には、５人の従業員が機械の清掃をしていましたが、クレーンの滑車がレールから外れただけで、人的な被害はまったくなかったのは幸いなことでした。

本震直後からの停電がいつになっても復旧しないので、会社にいても何もすることがありませんでした。従業員と私と家内も帰宅することにしました。自宅近くにある白沢電気の大きな時計、車を走らせていてもよく見える大きな時計が、２時46分を指したまま、止まっていました。家にいても電気は復旧しませんが、わが家はプロパンガスなので料理を作るには不自由はありませんでした。コンロで夕飯の支度をして、家族全員で暗闇の中で食事をしました。

私はいつもこのような真っ暗闇な中で食事をしていると話をしましたが、家族からは何の反応もありませんでした。自分たちにとってはちょっと不便に感じたぐらいで、毎日このような環境で生活している私のことを、頭ではわかっているかもしれませんが他人事になっているのでしょう。障がいがあろうとなかろうと、人の困難を理解することは簡単ではないことを思い知りました。

翌日になると、電気は復旧しました。土曜日でしたが、運送屋さんもストップしてしまい、自社配送せざるを得ません。配達を頼まれている得意先があり、東京・葛西にある菊《きく》廼舎《のや》さんまで生あんを届ける便に私も同乗させてもらうことにしました。途中のガソリンスタンドには、長蛇の車列ができています。千葉県にある製油所が地震の被害にあって、ガソリンの供給に支障が出ているためでした。

あくる日曜日の昼のニュースで、月曜日から計画停電を行うというニュースが流れましたが、初めて聞く言葉のため何のことかわかりませんでした。栃木もその対象区域に入っています。しかも、停電になる時間が毎日異なるということでした。あんこを作っている途中で停電によりモーターとボイラーが止まってしまっては、味も色も変化してしまい売り物にならなくなってしまいます。そこで従業員に対し申し訳ないことだと思いましたが、夜中に出勤してきてもらい、停電が始まるまでに製品として仕上げてもらう日が20日間ぐらい続きました。従業員は、不平も言わずに仕事をまっとうしてくれました。

福島県浪江町は、いわき市から国道6号線を仙台方面に向かうこと1時間のところにあります。その中心街に長岡家さんというお客さんがありました。栃木からは常磐道を通っても5時間もかかります。大震災の前日の3月10日、その長岡屋さんに、宅急便で生あんを発送しました。震災当日の午前中に荷物が着くと、すぐに郵便局で代金を払ってくれました。震災の数時間前に手続きをとってくれておいたのです。

浪江町には2度行きましたが、第一原発所のすぐ近くだとは思いませんでした。東京電力福島第一原子力発電所の事故で、長岡家さんも避難を余儀なくされましたが、どこに避難されたか調べようもなく気になっておりました。その一年後、長岡家さんのご子息から電話がありました。会津坂下町に避難して、新天地で長岡家を再開できるようになったというのです。また、生あんを送ってほしいとご注文をいただいたのです。

「3月11日にはあんこを届けていただいてありがとうございました。代金はどうなっていましたでしょう」

「おかげさまで、代金はちゃんと入金されております」

国難に遭い、避難を余儀なくされたにもかかわらず、約束を気にして責任を感じてくださっていたことに敬服しました。

震災から10日後には、北茨城市のやまみつさんから、「幸いにして被害が少なかったので、営業を再開したい」と電話がありました。あんこ以外の原材料とお見舞金を持って北茨城へ。常磐道は通行できるにはできましたが、一部区間で波打っている箇所もあり、地震の爪痕はあちらこちらで見られました。やまみつさんの被害は比較的少なくてよかったと思いました。

私は、荷物を降ろしてから、海岸の方に行ってみました。漁船が横倒しになって打ち上げられているのをビデオカメラで撮影しました。動画はユーチューブにアップしました。北茨城市は隣接するいわき市との境にあります。ユーチューブでも茨城県の被害はあまりない中で、貴重な映像だと言われました。

2. 事業承継

私は、若い頃から好き勝手なことをやってきました。それは、父が陰になり日向になり、私を黙って支えてくれていたからできたことでもあります。失敗を何度もしましたが、それが致命的な失敗に繋がらなかったのは、起きてしまったことは仕方ないとあきらめてくれたからだと思います。それにもかかわらず、目が見えなくなったからという理由で、3代続いた家業を廃業したくはありません。本当のことを言えば、1億円の借金をしてまで工場を新築したからといって、これは絶対に成功するとの確信があったわけでもなかったのです。

しかし、自分には、

・誰にでも見せられる工場にしたかった
・自分が勤めるとしたらこの会社だったらよいな
・信頼を失うことなく、正直に生きていれば、福の神が現れる
・行動を起こせば道は開ける

そんな信念に賭けてみたのが本当のところです。父が亡くなり、後ろ盾となる人を失って、やっと一人前になれたと思いました。すべての責任は私ひとりにあることになります。

だからといって目をギラギラさせて背伸びをして事業を成功に導きたいとは思ってはいけません。卑屈になることなく、誰がどう思うか、それはその人の問題であって、人として後ろ指を指されないよう、誠実に毎日を生きていこうと決意しました。

3. 歯車が回り始める

レオンの鈴木耕作さんに営業顧問になっていただいたのと同時に、レオン自動機の火星人という包あん機で作った、10円饅頭という商品が全国的にブームになり、今まで経験のなかった素人の「菓子職人」がお饅頭を作り、販売を始めたのです。売価が10円なので、原料はできるだけ安い価格のものを求めます。あんこも中国産の安いものを使用するのが普通と思いきや、中には、高くても国産を使いたい人も現れました。数社から注文が入り、生産が伸び、現場もフル回転の状態を迎えることができました。

人手が足りなくなり、求人広告に従業員募集の広告を載せたところ、かつてなく能力も意欲も高い人材が応募してくれるようになりました。意欲ある従業員には、その意欲に応えるため、働く環境の改善を主体に年間約2000万円の設備投資を続けました。もちろん給料もできるだけ意欲に見合う額にしたいと経営努力を重ねました。こうした努力の甲斐あってか、従業員の定着は一定の成果を上げられたものと思います。

4. 新入社員

2009年（平成21年）7月21日に面接に来られた安生さんは、国学院栃木高校のときに、ラクビー部で活躍し3年生のとき、毎年年末年始に大阪の花園ラグビー場で行われる全国高校ラクビーフットボール大会に出場した経験がありました。中央学院大卒後カインズに入社し、新店舗のオープンなどに携わり、店長までやりぬきましたが、過労がたたってやむなく退社したとのことでした。トチアンでは、現場に入ってもらい、製造を担当してもらうことにしました。

2012年（平成24年）9月1日に面接に来てくれた小林泰之さんは、県立真岡高校でエースストライカーとして、国立競技場で行われた全国高校サッカー選手権大会で活躍したのち、小山市の白鴎大学を卒業しました。就職するにあたり、入りたい会社が見つからず2年間フォークリフトの運転をアルバイトでしていました。本心では日本酒を作る酒造会社に入って杜氏《とうじ》になりたいと思っていたそうで、今どきの若い人には珍しいプロ意識を持った人材だと思いました。

安生さん、小林さんとも、高校時代にスポーツで鍛えた身体と気力を備えており、いずれはトチアンの中核になってもらえるのではないかと大いに期待したものです。若い人の入社により、それまでのトチアンに比べて平均年齢が20歳も若返ってしまいました。

5．災い転じて福となす

7年前、青木営業部長から家庭の都合で退社したいとの申し入れがありました。営業を長年やっていただけに、トチアンの得意先は全部把握している社員です。取引先がどのような製品を作っているかということも全部把握しているので、念のため、退社後といえども同業者ならびに関係する会社に入社はしない。トチアンでの内部情報は他社に伝えないとの誓約書を書いていただきました。退社日には、家内から花束を贈り、トチアンの発展に寄与してくれたことに感謝し、新しい職場での活躍を願って、拍手をもって送り出したものです。

ところが2か月もたたない内に、トチアンにとってもっとも大切な株式会社梅林堂に、新しい勤め先の同業者の社長を伴って売り込みに来たのを、配達をお願いしているパートさんが見たというではありませんか。元営業部長からは「会社には黙っていてほしい」と言われたというのです。パートさんでなければ梅林堂に来た理由を深く聞いてくれたかもしれませんが、別の得意先にも現れて、同業他社の営業部の名刺を持っていたことの確認が取れました。誓約書まで提出しておきながら、自己都合のために平気で嘘をつけるものだと驚かされました。しかも半年後に軽部工場長まで同じ会社に引き抜いてしまいました。花束を渡した家内には、よくぞこんな仕打ちができるものだと話をしました。私としても、後ろ足で砂をかけるような人物を会社に置いていたら、どれだけの損害を被ったかと考え、仕方がないとあきらめました。しかし、その同業他社には展示会で冷凍生あんの製法を親切に説明してあげたのに、こともあろうに営業部長まで引き抜くことはないだろうと思いました。その会社はこんな平然と不義理をやってのける会社だというのもよくわかりました。

営業部長が退職したのちは、高校時代は野球をやっていた鈴木さんを営業として起用しましたが、自分には向かないと言ってトチアンを辞めることになってしまいました。社内の人員配置にも微妙な影響が出たことになり、残念でなりませんでした。

現場であん作りを担ってもらっていた安生さんに事務所の仕事に配置転換を行なったところ、将来のトチアンを担ってもらうだけの能力と人格を備えている人物であることがはっきりと理解できました。次期社長として、会社を託すべく副社長になっていただきました。同時にまだ若く経験も少ないものの、小林泰之さんを持てる能力を存分に発揮してもらうべく工場長に抜擢しました。これによりトチアンの体制を刷新することができました。

それから5年経ちました。私は30年前より75歳をもって引退することを考えておりました。コロナ禍の発生した頃は売り上げが半減してしまい、大変な危機感を持ちましたが、そんなつらいときにも10年前にレオン自動機の営業をしていた嘉山俊夫さんが、70歳は過ぎたけれど、非常勤で営業の手伝いをさせてほしいと現れました。嘉山さんの奮闘で、新しい得意先も獲得でき、小林工場長がお客様のニーズに合うように試作を重ねることで、コロナ以前よりも最高の売り上げを達成したところです。

会社経営の心構え

会社経営の基本的な考え方は、会社と従業員・会社とお得意様の関係は「お互いさま」です。

そして、自分の能力を知る。これに尽きます。

① 人それぞれ、もって生まれた器がある。
② 見栄を張った生き方をしない。
③ 自分自身が働きたいと思うような会社を目指す。
④ 事業がうまくいかなかったら、他の人に迷惑をかけない内に会社を廃業する。

⑤　誠実な生き方が自分の財産である。

社会は十年単位で大きく変化します。

①　たえず世の中は変化しているので、過去の歴史とこれからの十年後がどのように変化していくか、勉強しておく。

②　倒産した会社の原因をたえず学習しておく。

③　金融機関で融資を断られたら、そこで断念する。

④　連鎖倒産をしないために、売上の20パーセント以上の得意先は作らない、理想は、10パーセントの得意先を5社以上に分散する。

労働環境の変化は社会の必然であり、労働法の遵守は、企業の社会的責任として当然のことです。

①　たえず健康状態を把握しておく。

②　新型コロナウイルス、インフルエンザなど、感染症の罹患者を出さないようにする。

③　朝、出勤してきた従業員の体調がすぐれないときは、無理をせず帰宅していただく。

製品は、適正な価格で販売する。これは消費者のみなさまへの、トチアンの宣言でもあります。

①　原料が変化する場合は、得意先に納得してもらった上で行う。

事業承継――三つの選択肢

２０２２年（令和４年）９月１日をもって１０２年続いた家業の株式会社トチアンは石川家から離れ、副社長の安生さんに事業継承をしてもらうことになりました。おかげ様で、２００年企業を目指して、継続スタートを切ることができました。私の持ち株をはじめ、石川家の持ち株をすべて買い取ってもらうことになり、３代続いた石川家から安生さんの会社になります。今後は、株式会社トチアンの経営については何の発言権を持たなくなります。

私たち夫婦には長男、長女がいましたが、病弱で、社長業を担うことは叶いませんでした。それは致し方のないことです。

事業継続するためには、３つの方法が考えられました。

①　廃業の決断をする。
②　M&Aで事業売却をする。
③　従業員の中から事業継承してもらってもよいと思われる人を育てる。

その中ではかねてから、③がよいと考えていたのですが、かつての従業員の中には、残念ながらそのような人材はいませんでした。

そこで、有能な人が働いてくれる会社にしておかなければ、後継者は現れないと、そのために古びた工場を新築し、製造現場を省力化して、賃金、労働時間、休日など、零細企業ではありますが、長く働き続けたい会社にグレードアップをすることを決心しました。25年前のことです。

その原則に沿って、新工場建設、工場内の環境改善、仕事の省力化、生産性向上を心が

トチアン社屋

け、設備投資もしてきました。

かつて、父親から、目が見えないうえにわがままなお前についてくる人はいなくなってしまう。家業を続けることは無理だから、鍼灸マッサージの資格を取っておいた方がよいと言われて、42歳から3年半の学生生活をしてきた私が、1億5千万円をかけて新工場を造ると言い出したのだから、父も口には出しませんでしたが、心配で夜も眠れなかったのではないでしょうか。

ここまで来られたのも、私が何をやるにしても反対する家内が、大黒柱として私の欠点をうまくカバーしてきてくれたおかげだと思います。

従業員の数も2倍になり、毎年2千万円の設備投資ができ、コロナで疲弊している会社が多い中で、今季の決算は、売り上げが最高の状態で副社長の安生さんに事業を承継してもらうことができます。大変な負担をかけることになると思いますが、私にとってはベストな結果で安生さんには心より感謝とお礼を申し上げます。

1985年に公開された映画、黒澤明監督、仲代達矢主演『乱』を観て、円満に事業承継をしてもらうためには、相手の立場に立った、公正公平な専門家のアドバイスを受け入れる方が最善と思っていました。しかし、家内にしては、すべてを失うということは、何のために3代目の長男に嫁いで休みも取らずここまで頑張ってきたのかとの自負があり、私が簡単に納得してしまったことに腹を立て実家に帰ってしまいました。家内にすれば当然のことかもしれないが、会社を任せることのできる直系の人物がいないのだから、安心して任せられる安生さんの立場に立ってやりやすい環境を作り、株式会社トチアンが200年企業を目指してこころよくお願いするのがお互いに良策なのだとの私の説得を受け入れてくれました。どのような会社でも事業を継続するのは大変な時代で、それに社会の情勢はますます急激に変化していきます。いつまでもあらゆるものごとに固守しない生き方をした方が残りの人生を楽に生きることができると思うのです。

私が日本盲人者経営クラブに加入していたとき、『日経ベンチャー』という月刊誌を朗読したカセットテープが毎月届けられました。その際まず私が読んだコーナーには「破綻の真相」という倒産した会社のことが書かれてありました。なぜそこに関心を持ったかというと、会社を倒産させないためのヒントがたくさん含まれていたからです。それと、話題性のある業種はすぐにライバル会社が現れ、価格の競争になり資本のあるところに敵いません。そこであんことという伝統あるスキマ業界で生き残ることがよいと思っておりました。1985年黒澤明監督、仲代達也主演『乱』を観て一旦地位を譲ったからには後継者に口を出さないことが、円満に引き継ぐ知恵だと思い、これを参考にしました。

第5章　NPO法人D－アイ（であい）の会

A　日本盲人経営者クラブとD－アイ（であい）の会

1．日本盲人経営者クラブ

塩原視力センターで、生活訓練生として針灸マッサージの国家資格取得を目指していたときお世話になった指導課の棟形さつき先生が、私の部屋に朝日新聞の天声人語を届けに来てくださいました。朝刊一面に毎朝載るコラムです。

溶接に使う溶接棒の販売会社を経営する池田敏郎さんは、40歳の頃に失明。東京・国立市から川崎の社屋まで奥さんの運転で毎朝通勤していて、日本盲人経営者クラブ会長も務めています。天声人語には、事業経営にクラブ活動に、奥さんと協力して取り組む姿が取り上げられていました。

1971年（昭和46年）から3年間にわたって、NHKラジオ第2放送の盲人の時間で取り上げた盲人実業者十数人の体験と生活が紹介されました。出演者のひとりでもある篠田純一郎さんが、川野楠巳ディレクターにお願いし、出演した方々に声を掛けていただき、1978年（昭和53年）10月に東京・目黒のえびす会館で日本盲人経営者クラブの設立総会を開催したのが始まりです。

私はそのコラムを読んで非常に興味を抱き東京・国立の池田敏郎さんのご自宅を訪問して、いろいろな盲人が故の会社経営についてお話を伺いました。そしてその場で入会の申し込みをさせていただきました。会からは毎月、カセットテープに録音された会員さんの紹介や状況報告などが送られてきました。いわば声のニュースレターです。

塩原視力センターを卒業した1993年（平成5年）の6月、岩手県の花巻温泉で日本盲人経営者クラブの総会があり、私も初めて出席しました。

会長は池田さんから鈴木さんに交代しており、全国から約20名が総会と懇親会に出席していました。翌日は観光バスで岩手県の中尊寺金色堂や宮城県宮城郡松島町の瑞巌寺を見学してから、遊覧船に乗って松島湾を巡りました。最後に石巻のかまぼこ製造工場を見学して仙台駅で解散しました。バスの中では、隣の席に座ってらっしゃった鈴木己美会長様が従業員400名の医療関係の会社の社長をしておられるとのことで、大会社にするまでのご苦労話をお聞きしながらずっと過ごすことができました。

2. 阪神・淡路大震災

東日本大震災より16年も前、１９９５年（平成7年）1月17日5時46分、私はベッドの上で目を覚ましておりましたが、そこにゆっくりとした地震を感じることができました。そこで私は大きな地震だと思いテレビをつけました。まだその頃は、震災の全容はわかりませんでしたが、そのうち時間とともに、神戸を中心とした一帯に大きな被害が出ていることが判明し高速道路の橋げたが倒れ、高層ビル等や木造家屋が倒壊している映像が映し出されました。震源地は淡路島北部で地下16㎞、震度7、マグニチュード7・3、犠牲者６４３４人、住宅被害は約64万棟都市直下型の戦後最大の大震災でした。

神戸には元毎日新聞の会沢輝夫さんと董義信さんのご長男の董良さんがおられたはずですが、心配しても連絡をするには数日は置いた方がよいと思っていました。約2か月後にはお二人ともご無事なことがわかりました。

3. 歯車の会

やがて、奈良市の視覚障碍者とボランティアさんで構成する団体「歯車の会」の青木嘉子事務局長から、毎日始発電車で避難所へ行き、避難所で難儀している視覚障碍者がいないかと探して回り、安心して避難生活ができる施設に誘導するボランティア活動を1か月続けた様子をカセットテープで聴かせていただくことができました。

栃木市には、市役所の障がい福祉課が窓口になっている栃木市視力福祉会があり、社会福祉協議会が管轄する朗読ボランティア「あかりの会」と点字ボランティアの「すみれの会」がありますが、あまり人的な交流がなく、旅行や総会などを行うには、家族の人か弱視の視覚障碍者の協力を得て開催をしているというのです。

青木嘉子さんの報告を聞いて、これからは、障碍者自身が地域コミュニティとの関係を進んで構築しておかないと、大きな災害に見舞われたときには一気に孤立してしまうのではないかと思いました。栃木にも「歯車の会」のような団体を作りたいと思い、経営者クラブの鈴木会長に青木さんを紹介していただけないかと電話したところ、経営者クラブの総会を1996年6月4日広島県の安芸の宮島のホテルで開催する予定になっており、青木嘉子さんも来賓で出席されると伺いました。

私と家内は東京駅から夜行寝台列車に乗り、山口県岩国市にある日本三大名橋である錦帯橋を見てから、安芸の宮島のホテルに入り、宴会の席で鈴木会長さんより青木嘉子さんを紹介していただきました。ご挨拶して、栃木市にも視覚障碍者とボランティアさんで構成する「歯車の会」のような組織を作りたいと思っていることをお伝えし、今後のご協力をお願いすることができました。

４．D-アイ（であい）の会の結成

私はその頃、これからの時代に視覚障碍者とボランティアさんで構成するサポートボランティア団体を創設することを決意していました。私はその会を運営するにあたり自家用車の事故、現金支払い時などの不正等、親しくなるが故の問題が起きる可能性があることがわかりましたが、もし問題が起きた場合は保険と責任者である私の誠実な対応で問題を解決すれば何とかなるだろうと思い、会の結成を決意しました。

サポートボランティアの必要性を文章にして、栃木市の記者クラブで記者会見も開きました。下野新聞、読売新聞、朝日新聞が記事にしてくれたことで、県内各地からボランティアをしてみたいとの応募の申し込みがありました。大田原市にある国際医療福祉大学の学生さんからの申し込みもありました。社会福祉協議会の中田さんからは、点字ボランティアさんや朗読ボランティアさんにも声をかけてくださり、市内の保険福祉センターで説明会を開いて、広く理解を求めました。説明会の質疑応答では、活動の費用はすべて行政から支出されるのではないかと質問する方もおられました。あくまでも会費で運営していくつもりですと答えると、それではできないと断ってきた人もありました。
それから、月に一回、出会い、ふれあい、愛、アイ（目）DAYデイとして交流会を開くことになりました。

1998年（平成10年）4月10日、栃木市文化会館小ホールにおいてかねてからお願いしていた奈良市の「歯車の会」の青木事務局長さんをお招きして会のお話をしていただきました。当日は大雨となり、参加者がどれほど集まるか心配しましたが、150人もの参加者を得ました。鈴木乙一郎市長の挨拶に続いて、青木さんは着物姿で、自分の着ている着物の色柄など説明してから話をしてくださいました。

青木事務局長さんは1955年（昭和30年）ヘレンケラーが来日した際、直接話を聞く機会に恵まれボランティア活動に関心を持ったとのことでした。

その間、塩原視力センターの中尾指導課長さんに栃木市保健福祉センターで視覚障碍者手引きの仕方について指導を受け、ボランティアさんと視覚障碍者が安心して歩行できる訓練を受けました。その模様はNHKの『首都圏ネットワーク』で放映されました。そしてやっとD－アイ（であい）の会は、2000年（平成12年）1月1日をもって結成されました。

５．ＮＰＯ法人Ｄ－アイ（であい）の会

今まで視覚障碍者の移動支援は市の障がい福祉課が担当していましたが、２０００年（平成12年）４月１日から介護保険制度が始まり、移動支援は介護事業所が担当することになりました。ところが、栃木では移動支援をしてくれる事業所が１社も手を挙げてくださいませんでした。そこで、私は、副会長の長谷川武夫さんにお願いしてＤ－アイの会が市からの業務を委託すべきＮＰＯ法人として活動できるよう市の手続きをお願いし、県庁まで出向いて許可を取ることができました。よって10月１日から、ＮＰＯ法人Ｄ－アイの会の事業を開始することになりました。視覚障碍者の移動支援を実施すると、１時間あたり１５００円が市役所から給付されます。移動支援のボランティアさんに９００円を支払い、事務所経費として６００円を運営費に充てることができます。そして、移動支援に自家用車を使う場合は、陸運局に「福祉有償運送支援車」として登録し、運行記録を陸運局に報告する義務が発生します。

10月１日は、ＮＰＯ法人としての設立総会を開催し、続いて佐野短期大学の全盲の日比野清先生の講話をお聞きしました。

ＮＰＯ法人Ｄ－アイの会では、移動支援のボランティアさんをひとりでも多く募集するにあたり、２日間にわたる勉強会で、眼科のドクターから目の病気についての講義も受け、視覚に障がいを持つ利用者を自家用車に乗せる方法や電車に乗っての移動支援なども習得してもらい、手引きの仕方を勉強していただきました。

このようなＮＰＯ法人Ｄ－アイの会を創設するためには、司法書士事務所に依頼すれば30万円ほどの費用が発生することになります。Ｄ－アイの会の副会長の長谷川武夫さんはかつて気象観測に関する器具の営業の経験があり、行政に出す書類は全部ご自分で書いてくれました。そして、石油販売会社出身の設楽辰雄さんは、経験を活かしてＮＰＯ法人の経理を担当してくれることになりました。結婚式や文化会館での行事でプロのアナウンサーにも負けない司会ぶりを発揮してくれる野田十三子《とみこ》さん、元銀行員の緻密さで何事も確実に成し遂げる佐山徴嘉子さん。元保育士でご主人の印刷会社を補助しているいつも明るい早乙女栄子さん。元役場の職員という経験を生かしてボランティア活動をしている折田久子さん。コーセー化粧品の営業をされてきて穏やかで人あたりの特にいい猪熊栄雄さん。日本鋼管に勤務しながら駅伝の選手として国道１・２・３・４号線を走り抜いた藤沼義夫さんなど、多才な役員さんに恵まれました。会長の私は、ただ「宜しくお願い致します」とだけ言っていればよかったのです。

それまで視覚障碍者の活動をしてきた「栃木視力福祉会」との違いは、視力障碍者が会の行事を行う際、その都度ボランティアさんの支援を受けていたということです。

一方の私たちＮＰＯ法人Ｄ－アイの会は、いろいろな行事を会自身で行うことが可能となります。いちいちボランティアさんにお願いすることは発生しません。

ＮＰＯ法人Ｄ－アイの会では社会的な活動にも取り組むようになったので、毎月の活動が多種多様になり、私も出歩く機会が増えました。

6．会の活動

〈1〉シルバー大学の講座

２００５年（平成16年）10月から、栃木市神田町にある栃木県シルバー大学校南校から、「障碍者の理解と支援について」というテーマで1年生5クラス（1クラス25名）の講座の時間を持ってもらえないかとの依頼がありました。野田さんが進行係。佐山さんが点字についての講義を行うことになりました。また、大川さんは、中途失明と視覚障碍者になっても炊事洗濯料理について話しましたし、私は、全盲でありつつも会社の経営をしたり、行政と関わる活動なども行なって、好きな毎日を過ごしていることなどについて話をさせてもらいました。

実はシルバー大学校の生徒さんと話をしてみると、視覚障碍者と関わったことのない人がほとんどでした。実際に視覚障碍者を見るのは初めてという人がほとんどです。感想として、あまりにも明るいのでびっくりしたとの答えが返ってきますが、それは、障碍者はかわいそうで、暗い生活を送っているという思い込みからくる言葉だと思うのです。

シルバー大学での講座は14年続き、延べ１７５０名の方々と接する機会に恵まれました。そのうちから10名の方にはボランティアとしてＤ－アイの会の仲間になっていただくことができましたし、私などは、先生でもないのに、「先生の話を聞きました」と人から声をかけていただくことが時々あるのです。

7．会の活動　〈2〉アイマスク体験

２００２年（平成14年）、中学校の校長をしておられる大木洋三先生に、生徒さんに視覚障碍者のことを少しでも理解していただきたいのでアイマスクをして校内を歩く体験をしてもらうことを提案しました。

当日は、生徒は二人一組になり、ひとりの生徒はアイマスクをして、ガイド役の生徒の右ひじをつかんで段差や右に回るといった情報を言葉で伝えながら、廊下と階段の上り下りを体験してもらいました。中学2年生ともなると、恐怖を抱くより面白さが先にたってしまったようで、あまり参考にされないように見えました。

この中学生のアイマスク体験は、下野新聞に記事として取り上げていただき、それを読んだ栃木市立第二小学校の山田先生から、小学４年生の教科書に載っている点字のことを教えるとき、福祉授業の一環としたいので来てもらえませんかと連絡がありました。二つ返事で快諾し、教室に視覚障碍者５名とボランティア６名で訪れました。

小学４年生の旺盛な好奇心には圧倒されました。子どもたちからは、「目の見えない人は、ごはんはどのようにして食べるのですか？」「お風呂はどうするのですか？」「歯磨きはできますか？」など素朴な質問を受けたのち、二人で一組になってもらい、アイマスクをした児童が手引きをしてくれる児童の手をつかんで校内を歩いてもらう体験をしても

D-アイの会　アイマスク体験

らいました。

アイマスク体験をしたのち、児童のみなさんから感想を伺いました。

私からは、なぜこのような体験授業をしてもらうようになったかをお話ししました。それは、ただ私の話を聞くよりも、実際に身体を使って体験することによって、より理解してもらえるのだということに気付いたからです。

このアイマスク体験は福祉授業として10年以上続けることができました。

アイマスク体験の様子は、あるときなどはＮＨＫの『首都圏ネットワーク』、とちぎテレビ、ケーブルテレビの３社が同時に取材してくれてそれぞれ放映していただいたこともありました。


あるとき、別の機会に社会福祉協議会を通して、栃木市立第五小学校のゆとりの時間を利用して福祉授業を行いたいとの依頼がありました。これまで、小学４年生のクラスでアイマスク体験をしてきましたが、今回は５年生80人の生徒さんが参加するとのこと。しかも体育館で行うことになりました。

これほど大勢が、広い体育館でアイマスクを着けて動き回るのは危険かもしれないという心配が頭をよぎりましたが、せっかくの機会でしたのでボランティアさんと視覚障碍者を含め12名で訪れました。体育館の中をただ歩くのではあまり意味がないと思い、ところどころに障害物を置いたり、壇上の階段をアイマスクをして歩くように準備をしました。そして学年主任の先生は、授業が始まる前に「今日は福祉授業ですので、しっかりやりましょうね」とおっしゃいましたが、私たちにはその話し方に何となく違和感を覚えました。

実技訓練が終わり、先ほどの学年主任さんが終了の挨拶を始めたら、いつしか泣き声になってしまいました。先生は、「生徒たちがこんなに真剣に取り組んだ姿を今まで見たことがなくそれに感激しました」とおっしゃいました。

D−アイの会は、ボランティアさんが手引きをして、ボランティアさんに連れて行ってもらうと同時に、視覚障碍者も一緒にボランティア活動をしています。つまり、双方向、多方向の活動が特徴でもあります。

私は、かねてから障碍者問題は高齢者問題でもあると思っていました。シルバー大学で話をするとき、「たまたま生まれつきの目の病気をもって生まれてきましたが、いずれみなさんも高齢者になって、耳が遠くなり、今まで読めた新聞が読めなくなるときが来ます。私の話を、どのような気持ちで聞いておられるかは知りませんが、すべて五体満足で生活することが難しいときがいずれ来ます」と話すと、受講者の目つきが変わるのが雰囲気でわかります。それはひとごと、傍観者の意識から、自分のこと、当事者の意識への変化だと思っています。

近年、インターネットのおかげで、私のような視覚障碍者が文章を書いたりメールをすることができるようになりました。自分の意見を社会に伝えることができるようになったことは大変ありがたいことだと思っています。このような機器やツールがあれば、障がいは障がいでなくなります。こうしたノーマライゼーションの方向性は、自然な成り行きになると思っています。

8. 会の活動〈3〉高校生とともに

栃木県立栃木農業高校の岩舟農場では毎年9月初旬、授業の一環として生徒たちが育成した梨やブドウを収穫祭として一般市民に市場の半値で販売しておりました。そこで私はその話を聞いて、栃農を訪れ校長先生にNPO法人D－アイ（でぁい）の会で狩りをやらせてほしいとお願いしてみました。ところが校長先生は福祉授業として引き受けてくださり、当日は園芸科の生徒さんたちが30分かけて岩舟町の農場に来られ担当の先生から説明を聞いたのち、視覚障碍者の手引きの仕方を学び、生徒さんと視覚障碍者が二人一組になって生徒さんの手引きによって梨棚の下まで行って、中腰になり生徒さんに梨を選んでいただき障碍者が自ら梨を持ち上げてもぎりビニール袋に入れて、地べたにおいた量りを先生が計測してその場で代金を支払いました。そして、この取り組みは福祉授業として15年ほども続くことになりました。

9．会の活動〈4〉その他の活動

毎年の行事　新年会、花見、バス旅行、クリスマスパーティー等、毎月のように外出する行事を行うことができました。長野の善光寺に行ったときには、お戒壇めぐりの際に私がみなさんを案内しました。お戒壇めぐりは、御本尊の安置される瑠璃壇下の真っ暗な回廊を通り、中ほどに懸かる極楽の錠前を探り当

D-アイの会　梨狩り

てて、秘仏の御本尊と結縁する道場です。

それらの際の会費はひとり1000円で参加者の負担にならないように行うことができました。それらはNPO法人として市からの移動支援の事業費の一部を会の運営費に充ててきたとともに、ボランティアさんが無償で活動してくれたおかげで、会のみなさんに負担がかからない金額で行うことができました。

10．NPO法人　D－アイ（であい）の会の解散

2014年（平成26年）、介護保険制度が変わりました。法律が、今までの移動支援から同行援護となり、D－アイ（であい）の会が事業としての運営が厳しくなり、これ以上ボランティアさんに負担をかけることができないと思いました。市役所の障がい福祉課と話し合った結果、同行援護をしてくださる介護事業社を集めてもらい、説明会を行ったところ、2000年には移動支援の事業所が一社もありませんでしたが、同行援護という制度に変わったところ、数社が引き受けてくれることになり、それぞれの視覚障碍者が自ら選択して契約することができました。そのため事業所としてのNPO法人にD－アイ（であい）の会を解散し任意団体としてのD－アイ（であい）の会としての活動を続けてきました。そのうち長谷川さん、設楽さん、野田さんなどの中心的に活動してくれたボランティ

アさんが相次いで亡くなってしまい、残るボランティアさんや視覚障碍者も高齢者となり、D－アイ（であい）の会をこれ以上続けるのは困難と思い２０１９年（平成31年）３月31日をもって解散しました。

私がD－アイ（であい）の会の運営をしていた中で一番嬉しかったことは、２０１１年3月11日東日本大震災のとき、栃木市の運動公園の体育館で太極拳をしていた福富浩子さんのお話です。福富さんは全盲でひとり暮らしをしていた80歳になる石塚律子さんのことが気になり自宅に帰るよりも先に石塚さんの自宅に駆けつけました。石塚さんはひとり家の外で怯えておられたとのことです。福富さんは家の中が家具など倒れめちゃくちゃになっていたため、それをある程度片付けて石塚さんを安心させて家の中に入れたのち自身も自宅に帰ったら家の中が散乱していたとのことでした。

２０１５年9月9日に発生した関東・東北豪雨、２０１９年（令和元年）10月13日台風19号の2度にわたる栃木の大水害の際にもボランティアさんがそれぞれ視覚障碍者の安否確認を行ってくれました。これが私がD－アイ（であい）の会を作ろうと思った考えでしたので、日頃からのコミュニケーションの大切さを改めて確認することができました。

B　NHKラジオ深夜便

1. さすがNHK

2007年10月17日・18日『ラジオ深夜便』朝4時からの『こころの時代』に2日間にわたり、川野楠己ディレクターのインタビューを受けました。前もっての打ち合わせは何もなく、いきなり川野さんが私に問いかけたことに対し私が即答するやりとりを放送してもらいました。川野さんによると川野さんが質問すると私は必ず、「ハイ」という言葉から返答していましたので、その編集にあたり大変苦労したとの話でした。朝4時からの全国放送にもかかわらず、どこで調べたのか私の会社に電話が100本以上、それと地元名産物を送ってくださる方があり、その内容は大したことを言っておらず宗教家、学者、専門家が出演している内容に比べれば、誠に稚拙な中身だったと思っておりましたが、このように大きな反響とはさすがNHKの全国放送だと、改めて感じ入りました。

2. 校長先生の前で話す

半年後、神奈川県茅ケ崎市の教育センターの所長さんから、校長先生の前で私の話をしてほしいとの依頼があり、阿部道夫さんに手引きされ、一泊で行くことになりました。

私が栃木市の出身ということで、呼んでくださった所長さんが「自分が最初に読んだ本が山本有三先生の『路傍の石』」との呼び水を入れてくれたおかげで、自分の生い立ちと今までの社会活動をうまく話せるかどうかわかりませんけれども、話す機会に恵まれました。私と阿部さんの接待係をやっていただいたのは３人とも校長先生でした。

D- アイの会　塙保己一記念館

料理教室

第６章　光輝高齢者（後期高齢者）

A　時代に合わなくなった高齢者・後期高齢者の呼び方

1．いつから高齢者と定義づけたか

１９４７年（昭和22年）男性の平均寿命50・６歳、女性の平均寿命53・96歳
１９５６年（昭和31年）男性の平均寿命63・59歳、女性の平均寿命67・54歳
１９５６年の国連の報告書において、65歳以上を高齢者と位置付け。当時定年が55歳
２００８年後期高齢者の平均寿命は79・29歳、女性の平均寿命は86・５歳
２０２２年平均寿命　81・47歳、女性87・57歳
現代では私は高齢者というのは前期、後期と分けずに75歳以上をまとめて高齢者と統一するのが現代に沿うような気がします。

2. 100歳時代を迎えて

近年、退職年齢が徐々に60歳から65歳となり、元気な方は70歳まで働く時代を迎えてきました。しかしながら年齢の中には①戸籍年齢②精神年齢③肉体年齢④内臓年齢⑤外見があります。70歳を過ぎてかねてから一度も医者に行ったことがない人には還元するべきと考えています。

各市町村では長年の慣習として100歳のお祝いに市長自らお祝い金と記念品を届ける自治体がありますが、これも当たり前の時代になってきたので検討する必要があると、いつも行政に問い合わせをしています。

しかも、高齢者の単身世帯がますます増える傾向にあり、民生委員や自治会行政に対する負担がかかっていることも現実です。

B　高齢者の日常生活における問題点

1. 公共交通

私はシルバー大学でお話をさせていただくときに「みなさんより目が不自由になってし

まいましたが、やがては加齢とともに目も耳も、歩行などに支障をきたす時期が来ます」と話しています。そのために私は20年前から高齢者や障碍者および免許返納者などの交通弱者について、12月議会で阿部道夫市議より今後の取り組み方について日向野義幸市長に質問をしてくださることになり、私は議場でそのやりとりを聞いておりました。

その際、市長から変な答弁がありましたので私は思わずヤジってしまいました。

栃木市においては２０１０年４月より通勤通学および高齢者障碍者に対応したふれあいバスとオンデマンドタクシー（蔵タク）の県内で最初の施行運転が始まりました。しかし、２０２５年問題として団塊の世代が後期高齢者になります。高齢者がひとりで通院や買い物、そしてスマートフォンの活用に支障をきたす時代を迎え改めて住民のみなさんと話を重ね少しでも不便さから解放できるようにしたいと思います。

C　光輝幸齢者

1．光輝幸齢者

精神科医の和田秀樹先生が毎月のように本を出版されており、『80歳の壁』等は50万部以上のベストセラーになりました。その著書の中で、和田秀樹先生は高齢者を「幸せな高齢者」と名付けたらどうかと仰っておられました。私は2022年12月9日をもって75歳の後期高齢者になりますが、和田先生の幸せな高齢者をいただいて「光輝幸齢者」と呼ぶこととしました。

2．タンデム自転車

2015年（平成27年）9月9日に発生した東北豪雨により、栃木市内の巴波川が越水して多数の家屋が床下浸水に見舞われました。その際、指定された避難所に着の身着のままで避難したところ、そこには食料品や備蓄用毛布等が他の場所に保管されており、道路が冠水したため、避難所に運ぶことができないと話を伺いました。そこで私は仕事柄5年持つ備蓄用のミニ羊羹を2万個作り、栃木市、小山市、栃木県庁に届けました。

栃木県では直接福田富一知事にお会いすることができ、備蓄用の羊羹の話よりもかねて視覚障碍者がタンデム自転車で公道を走れるよう、県の公安委員会にお話ししてほしいとのお願いをしました。

その甲斐があって2019年12月1日にタンデム自転車の公道走行が許可されました。72歳となった私は今さらタンデム自転車に乗ることに躊躇しました。でも、そのことがマスコミで取り上げていただければ、今まで希望した人たちにとっても朗報になるのではな

タンデム自転車

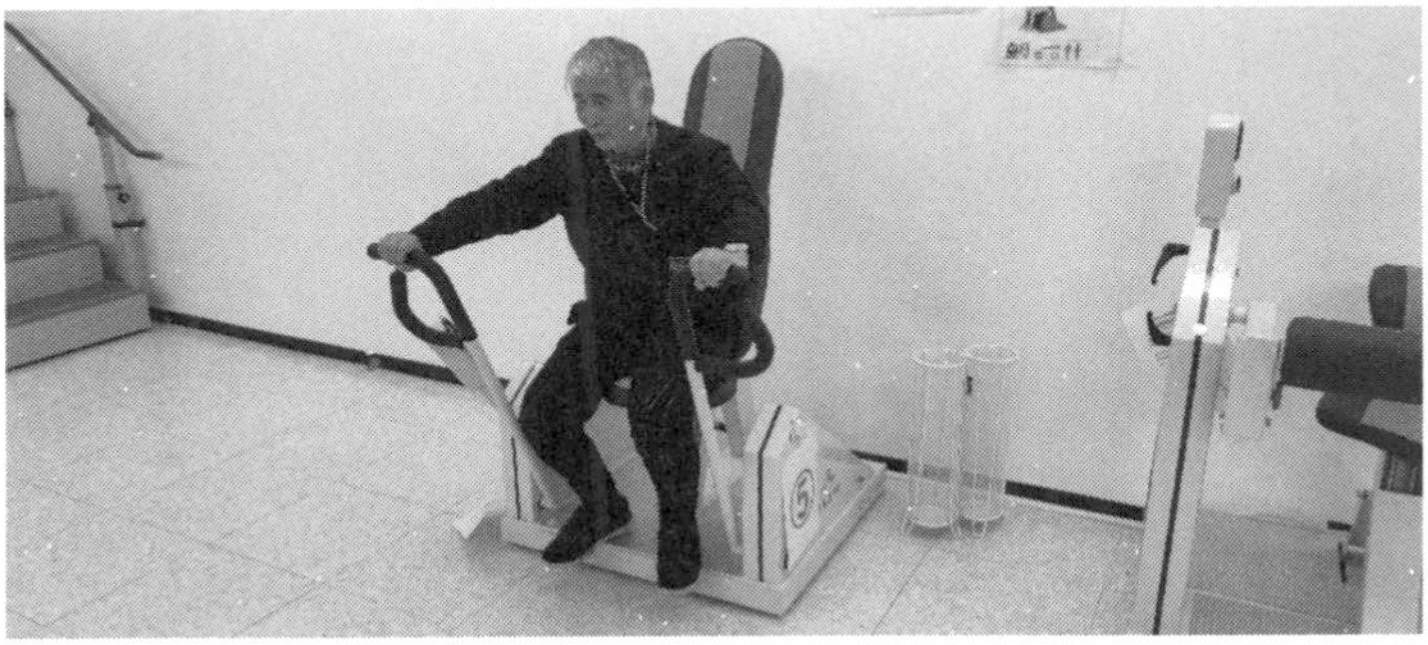

リハビリデイサービス

いかと思いアメリカ産のタンデム自転車を購入しました。

そして前席に乗ってくださる方（パイロット）を新聞折り込みで募集したところ、私より1歳年下の大平町の山中清さんにボランティアとして協力していただけることになりました。それ以来、毎週日曜日、雨の日以外は栃木市内を2時間走っております。

それと特化型デイサービスを週2回利用し、筋力トレーニングを3年間続けたら、75歳になった私は今までで一番健康で生き生きした生活を送っております。

3．ユーチューバー

２００９年会社がゴールデンウィーク等の連休のとき、家内がどこかに行きませんかと私を誘ってくれました。でも見えていた時代を知っている私はどこへ行っても何も見えないのだとするとかえってそれが苦痛になり、ひたすら巣ごもりをしていました。あるとき、全盲でも写真を撮っておられる方がいるのを知っておりましたが、ビデオカメラで映像を撮影しユーチューブにアップロードしている視覚障碍者はいないだろうと思い、友人に編集とユーチューブにアップすることをお願いできるとのことでビデオカメラを購入しました。私の頭の中ではビデオカメラを撮影するのはファインダーを覗いて撮るものと思っておりましたが、購入してみて、液晶モニターを開いて、そのモニターで映像を後ろから誰かに見てもらいながら私が撮影できることがわかりました。それ以来、何かにつけて外出の際は撮影が目的となり、見える見えないは関係なくなり外出する機会が非常に増えました。その映像は盲目のビデオジャーナリストとしてユーチューブにアップロードされていましたが、あるとき突然すべての動画を見ることができなくなってしまいました。２０２２年５月に会社の事務職として面接に来られた石川卓さんに私のユーチューブを見たと言われ、他の従業員からもユーチューブを見たとの話でした。石川卓さんに事務職として勤務していただくことになり、なぜそれを見たか調べてもらったところ宇都宮の友人のアカウントにあったことがわかり、それをすべて私のアカウントに再度アップしてもらいました。そして、それ以来石川卓さんの補助により映像を撮ってユーチューブにアップする機会が毎週のようになり、しかも石川さんがドローンを買って私が撮った映像をより立体的に編集するようになり、ますます出かける機会が増えました。まさかその10年前にはユーチューバーという言葉がなかったし、しかも撮影とアップされた映像は私自身見ることができません。これからは栃木市の観光地やお祭りなどの行事に機会があれば撮影しに行くつもりであります。

4．やり残した講演会

私は２００９年から取り組んできた、新斎場の建築が14年かかりましたが、２０２３年10月に供用開始を迎えることができます。２０１３年７月20日に朝日新聞の星野哲さんに講演をしていただいた結果、２０１４年に栃木市霊園の中に合葬墓建立が始まり、来年度に完成することになりました。その後も星野さんに「２０２５年超高齢化社会を考える」などその他、いくつかの講演会を行っていただきました。終活についての講演会についても行う予定でしたが、コロナによって集会を開くことが難しくなり、まだ実現されておりません。新型コロナのパンデミックにより最期のお別れどころか従来のお通夜、葬儀、火葬などがかなり制限され、お骨になった状態で家族のもとに帰る時代になってしまいました。

D　これから10年

1．75歳の壁

私は75歳まで生きのび２６０年の平和な日本を築いた徳川家康に憧れ、自分の晩年は75歳と決めて、そこから逆算してあらゆる問題に取り組んできました。ありがたいことに75

歳にしてもっとも元気な現在を迎え85歳まで生きるだろうとの思いを固め、タンデム自転車の普及、公共交通の問題など社会問題に取り組むべく生き生きした毎日を過ごせたら最高の人生を過ごしたことになります。ところが今一番の悩みはタンデム自転車や筋トレなどの運動をしているにもかかわらず、夜熟睡することができず2時間おきに目が覚めてしまい、ときには一睡もできない日があります。そのため、夕飯は毎日きちんと19時30分に食べておりますが、朝ご飯を夜中の1時から2時の間に食べるようになってしまいました。睡眠導入剤などを服用してもまったく効果がなく、最近そのような薬をゴミ箱に入れて様子をみることにしました。

健康を維持するためには、食事と運動と睡眠をできるだけ毎日一定させることが大切だとわかっており、一番大切な睡眠を少しでも正常にできなければ85歳まで生きられるか気になっております。でも、仕事から離れた私はとりあえずストレスにならないよう無理して寝ようとせず、昼間でもどこにいても寝てしまいます。自律神経を整えるため、できるだけお風呂の湯舟で体を温め、鼻歌でも歌ってみることにしました。なにしろ普通の方と違って朝日を浴びて体内時計を整えるということができませんので、睡眠についての本を読んでもあまり参考になりません。

２０２３年（令和５年）は、徳川家康を主役とした40年振りの大河ドラマ『どうする家康』の放送があります。私にもっとも影響を与えた家康の生涯にわたるドラマなので、久しぶりに大河ドラマを観ながら楽しみな一年になろうとわくわくしております。

２０２３年１月１日徳川家康の生まれた岡崎城や浜松城などビデオ撮影に出かけ、今後は関ケ原、大阪城、伏見城、二条城、小田原城などへビデオ撮影に行く予定でおります。それとは別にタンデム自転車の普及を目指しＮＰＯ法人「にりんそうの会」を結成し、また栃木市における社会問題と取り組んでいきたいと思っております。

あとがき

１９９１年12月26日東西冷戦が終了したので、世界的な平和が訪れると思っていましたが、かえって民族紛争や軍事政権などによる市民に対する弾圧が増加し、ロシアによる一方的なウクライナ侵攻が世界のエネルギーや食糧品の価格を高騰させ、世界中の人々が物価の上昇に苦しむことになってしまいました。

私たちの日本は戦後の焼け野原からＧＤＰ世界第２位の経済大国になりましたが、やがてバブルが崩壊した後、勤勉で努力する日本人の特性が失われ、グローバル化の波に呑まれ単なるアメリカや中国などの下請け国家になってしまい、失われた30年で貧富の格差が広がり、これから先ますます国際的地位が下がり発展途上国にやがて陥ってしまうのではないかと危惧しております。もう一度日本人古来の国民性を見直し、文化文明、道徳など大切にする国に変わることが必要ではないかと思っております。

「ありがとう・いただきます・おかげさま・もったいない」

これは世界に誇れる日本人の魂です。

私の人生の終焉は良寛和尚の辞世の句

「うらを見せおもてを見せて散るもみぢ」

残りの人生を淡々とありのまま過ごしたいものです。

２０２３年（令和５年）６月21日　石川孝一

あきらめるって素晴《すば》らしい

2023年6月21日　第1刷発行

著　者　石川孝一
発行人　久保田貴幸

発行元　株式会社 幻冬舎メディアコンサルティング
〒151-0051　東京都渋谷区千駄ヶ谷4-9-7
電話　03-5411-6440（編集）

発売元　株式会社 幻冬舎
〒151-0051　東京都渋谷区千駄ヶ谷4-9-7
電話　03-5411-6222（営業）

印刷・製本　中央精版印刷株式会社
装　丁　弓田和則

検印廃止
©KOUICHI ISHIKAWA, GENTOSHA MEDIA CONSULTING 2023
Printed in Japan
ISBN 978-4-344-94319-3　C0095
幻冬舎メディアコンサルティング HP
https://www.gentosha-mc.com/

※落丁本、乱丁本は購入書店を明記のうえ、小社宛にお送りください。
送料小社負担にてお取替えいたします。
※本書の一部あるいは全部を、著作者の承諾を得ずに無断で
複写・複製することは禁じられています。
定価はカバーに表示してあります。